人の樹

Murata Kiyoko

村田喜代子

潮出版社

人の樹

◉目次

装幀……………毛利一枝
装画・挿画……堀越千秋

人の樹

孤独のレッスン

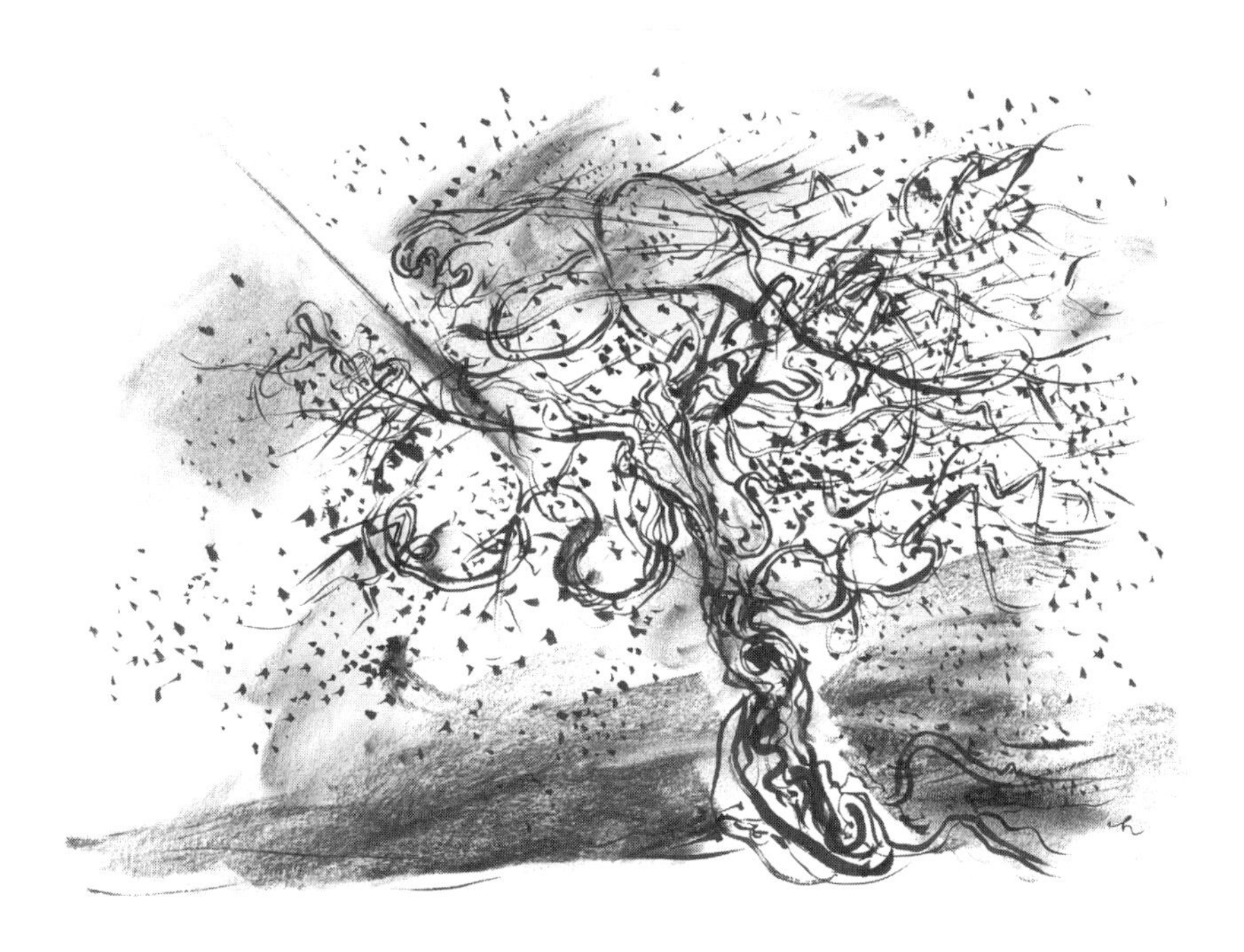

わたしはサバンナ・アカシヤ。

この辺りは昔、とても賑(にぎ)やかだったわ。

そこらは生きものだらけで、動物たちは何百頭も群れをつくり、砂埃(すなぼこり)を立てて行き交っていた。シマウマやヌーの群れが移動するときは、どろどろ地面を揺るがす音がしたものよ。遠くではライオンの家族が悠然と寝そべっていた。今から十万年も昔のことよ。

ここ、信じられないでしょうけど、サバンナだったのよ。むろん今みたいにわたしがたった一本、立っていたわけじゃないわ。大勢のサバンナ・アカシヤがあの空を掃くホウキみたいな枝振りを広げていたのよ。

キリンはアカシヤの枝に言い寄るように、うっとりと顔を近づけて三角の厚いべろで葉っぱをむしって食べた。若いキリンのオスは、神みたいに美しかったわ。

サバンナでは太陽が一回昇って沈むまでに、沢山の草食獣の命が消えていったけど、それより生まれてくる命のほうが多かった。死はまぎれて見えなかったわ。薄汚い毛のハイエナたちが、サバンナの死を清掃した。

年月がどんどんめくられていって、長生きのものはちょうど人間が歩くくらいに、命の短いものは全速力で駈けて行くように、去ってしまったわ。

わたしたち木は百年も生きるゾウより、もっと遙かに長生きだった。それですべてのサバンナの生きものたちが、何者かに追われるように、慌ただしく死んでいくのを、わたしたちの祖母や母のアカシヤたちは虚しく眺めたのよ。

そうしているうちにも、サバンナの緑はだんだん削られていったの。五、六万年ほど前の頃。乾いた熱風が吹きまくり、サバンナの土を巻き上げ、空には太陽が輝く毒を振りまいた。つまり強烈な紫外線よ。草は根こそぎ枯れていき、サバンナ・アカシヤの足元にはやがて一本の草もなくなった。

そして二万年くらい前のこと。

とうとうサバンナ・アカシヤが立ち枯れるときがきた。毎夜そこかしこに死んでいく仲間の低い悲鳴が流れたわ。古い馴染みの友達が、一本、一本、死んでいった。

わたしがこの大地に芽を出したとき、辺りにはもう何本も仲間のアカシヤはいなかったわ。わたしたちは幼いながら生きる知恵をしぼり、乾いた地下に根を伸ばして水を探したわ。一本の根が深く潜ってかすかな水脈を見つけたの。運が良かったのね。水はわたしの体の枝の先の、たった一枚の葉を養うほどしかなかったけど、それを細々とたくわえてわたしは育っていったの。今から八百年くらい前のことよ。

流れ星が一つ矢のように落ちて行った。

辺りには生きものの体臭はなかったわ。動物はほとんど死に絶えて、死んだアカシヤの木だけが立ち枯れていた。

ある風の強い日。彼方（かなた）の砂丘を越えて、白いものがクルクル回りながらやってきたのよ。一抱えもあるようなガサガサした草の玉なの。タンブルウィードという奴よ。回転草とも呼ぶんだけど、つまり草の車輪ね。

葉は一枚もなくて、細い根が絡まって丸まったような形なの。一見枯れ草の玉みたいだけど、生きてるのよ。その証拠に風に乗ってスピードを上げて転げ回るの。砂漠の走り屋よ。そいつがわたしのそばにきた。

「あら、あんた。まだそこにいたの」

と呆れたように言った。

そういえばいつだったか、彼女が反対方向から転がってきたのをぼんやり思い出したわ。東から西へ飛んで行って、確かその間に星が一つ落ちたのだった。あれからどこまで行ったのか知らないが、今度は西から戻ってきた。「あたしたちは元はロシアからきたのよ。種を飛ばしながら世界中を走りまわってるの」

彼女は自慢そうに言った。絡み合った根に鋭いトゲトゲが生えて、そこから種子を機関銃のように噴射する。でもこの乾燥しきった砂漠では、タンブルウィードの種が落ち着く場はない。

「かわいそうに。あんた、ずうっとここに張り付いてるのね」

タンブルウィードは、磔になった者でも見るような哀れみの眼で笑ったのよ。

「ええ、わたしはずっとゆったりとここにいるわ。どこにも行く気はないわ」

「そうよね。行きたくても動けないんだもの」

トゲトゲの根を震わせて笑ったとき風が吹いて、彼女は一瞬の風に吹き飛ばされてクルクルと舞い上がった。それからストンと落ちると、追い風を背に飛び跳ねながら出発した。「それじゃまたね。一万年後にもまだそこに突っ立ってるといいわ!」

笑い声が小さくなっていったわ。

「さようなら。さすらいの宿無し草よ」

わたしは見送りながらつぶやいた。植物が生物界の優位に立てるのは、動かなくていいからなのよ。動物たちは食物を求めて移動しなくてはならない。でもわたしたちは養分を求めて地上をさまよう必要はないの。太陽の光さえあれば一歩も移動しなくてすむ。自分の体内に、光合成の化学工場を一つ持っているわけよ。あとは少しの水があれば充分。

一生を根無し草でさまようタンブルウィードこそ、本当は植物の中で最も貧相で哀れな存在なのよ。

星がまた矢のように落ちて行ったわ。

六百年くらい前だった。地面にはもうガサガサした枯れ草の一本も残ってなかった。

地表の生きものは干物になり、トカゲや蛇たちだけが、昼間、砂の下に潜り込んで眠った。

ある日、わたしの干涸（ひから）びかけた根元に、小さな影が寄ってきたの。見ると灰色の毬（まり）みたいな体をした一匹のスナネズミだ。わたしを見上げたスナネズミの芥子粒みたいな目は、もうよく見えないようだった。ネズミはわたしの陰の中によろよろと入り込むと、

「ありがとう。体が焼けるみたいだった」

と瀕死（ひんし）の声で言ったわ。わたしはネズミの命がもう長くないことを感じたけど、気が付かないふりをした。

「ここ、静かね」

とネズミはつぶやいた。もう首をまわして辺りを眺める力はないらしい。こんな小動物の頭にも脳味噌というものはあるようで、

「あなたは淋しくないの」

ネズミの芥子粒の目がまばたきを一つした。

「別に」

とわたしは答えた。少しは淋しかったが、もう死にかけているこのネズミほどではない。わたしたちは寿命が長いぶんだけ、体質的に淋しさには強くできている。

孤独はわたしたちの属性なのよ。

サバンナや、どこかの林の中、山野の中には、たった一本で立っている大樹がある。あれも何かのわけで一本だけ生き残った木よ。幹の太さはひとりぼっちになった後の時間と比例するわ。

巨樹、大樹は孤独の王なの……。

辺りはいちめん乾いた真っ白い砂の海に変わっていたわ。サバンナはゆっくり砂漠になっていったのよ。サバンナ・アカシヤの木の特徴は、平たい傘のように広がった樹冠だけど、わたしの頭の葉は落ちて、剝げた枝が透けているばかりだったわ。

わたしの幹は影のようにヒョロリと痩せ細っていた。ネズミはわたしの足元に横たわり、明けていく砂漠の空や、暮れてゆく砂丘の影を見つめていた。いよいよスナネズミの命の終わりが迫っていることがわかったわ。

「こうやって動かないでいると、あたし、もう死んでいるような気がするわ」

とネズミは消え入るような声で言った。

「大丈夫よ。わたしなんか生まれたときから、ずっとこのままだったわ」

それを聞くとネズミはヒゲを震わせて笑った。

「それであんまり長く生きてるとね、生きてることも、死ぬことも、動くことも、動かないことも、同じような気がしてくるのよ。木の葉の表と裏ほどの差もない」

「じゃあ、あたしがここで死んでも、生きてるのと変わらないってわけ？」

と瀕死のネズミは尋ねた。

「そうかもね。そして地に根を張ったわたしはじっとしていて、死んでるのと変わらない」

ネズミはうなずいたが、またわれにかえると薄い涙を頬に流した。「ああ、でもこの淋しさはどうしようもない。この広い砂の海のどこに、あたしの母はいるんだろう。あたしには帰る所がない」

「わたしがいるわ」

わたしはスナネズミの耳にささやいた。ネズミはぽっかりと目をあけて聞いていた。

「わたしの足元でお眠り。そうすれば淋しくないわ」

「ずっとここにいてくれる？」

「ええ。ずっとここにいてあげる」

スナネズミの見えないほど小さな黒い目に、わたしの枯れかかった痩せた幹が映っていた。ネズミはこれでもう思い残すことがないというふうに、ふうっと眠るように目を瞑(つむ)った。ひっそりと死んでいったのよ。

わたしはスナネズミの亡骸(なきがら)を、長い根の先で優しく巻いてやったわ。それから根の先でスナネズミの体液をチューチューと吸った。信じられないことだけど、まだ小さな亡骸には養分が残っていたの。何百年ぶりにありついた貴重な栄養だったわ。

砂漠に音のない時間が流れていった。風の音も絶えた真昼は、天から射してくる太陽の光さえ、しんしんと音がするようだったわ。わたしは思い出したようにスナネズミの亡骸から、大事に残している養分を少しずつ吸ったの。

ある真昼。空が弾けるように戦慄いて、遠い昔のビッグバンの残響を聴いたわ。それは宇宙の彼方で起こった爆発の余塵なんだとわかった。昔、最初に激しい閃光が生まれたのよ。大きさも、時間もない暗闇から。

そこから宇宙が始まったのよ。爆発から一秒も経たないうちに、高温が冷えて物質ができたわ。その最初の光が生まれたときから、百四十億年が経ったの……。

わたしは砂漠に立った鋭い一本のアンテナよ。どんな微かなノイズもキャッチするの。長い年月をかけて砂漠の静寂に洗われた、わたしの五感は流れ星の音にだって共振する。

また一つ流れ星が落ちて行ったわ。

ラクダを何十頭も連ねた隊商が通り過ぎる。ここは気が遠くなるような砂の海の真ん中だけど、塩を運ぶ商人たちの重要なルートになっているの。隊商がやってくると、その前にすぐわかるわ。だって猛烈なラクダの臭いが風に運ばれてくるの。

隊商はわたしのことを、「砂漠の矢印」と呼ぶようになったわ。腰がひどく曲がったせいで西の彼方を指していたからよ。別の隊商はわたしのことを「孤独の木」とも呼んだわ。というのもこの砂漠の西端はまったく不毛の地で、わたしの立っている数百キロメートル四方は、風が運んだ砂山が続くばかりだった。

わたしは奇跡のように生えていたの。

砂の地獄は日中の気温が摂氏五十度にもなる。熱砂のお皿みたいなの。雨は一年間に二、三ミリ。降らない年もある。隊商は通り過ぎるとき、わたしに水筒の水を注ぎ掛けてくれることがあったわ。そのときは躍り上がるほど、うれしかった。

あるときエメラルド色の眸(ひとみ)をした商人が、愛しそうにわたしの幹に手を触れて、

「サハラのグランドマザーよ」

男はそうささやいたわ。わたしは砂漠の偉大な母になった気がして、胸が一杯になった。「来年くるときも立っていてくれよ」

ええ。必ず。約束するわ、流れ星にかけて。隊商は砂の海に消えて行った。

それからどのくらい経ったかしら。男はまだ現れない。

次の流れ星もまだ落ちてはこなかった。

そんなある夕方よ。青白く染まった砂丘の黄昏をわたしは忘れないわ。彼方から、生まれて初めて聴くひどく乱雑な音が流れてきた。それは箱形の車だけど、ロバが引いているようなものとは違っていた。車はどんどん気が狂ったみたいに走ってきたわ。箱の下には頑丈な車輪が猛烈に回っていた。

「おーい。死に損ないの木はどこだ！」

汚らしい唾と一緒に、吐き出されるような人間のだみ声だったわ。異様な車はわたしの方にどんどん迫ってきた。車の中から真っ黒に焼けた下卑た男の顔が突き出ていたの。

「何だ。こんなひょろひょろの木か！」

男はわめきながら、車をわたしの幹のそばに近づけるとグルグル走り回った。車の吐き出す臭いと、男の酒の臭いがしたわ。そして車の鼻先がわたしめがけて突っ込んできたの。

「うわああああああああ！」

男の悲鳴が聞こえた。

わたしの目の前が真っ暗になった。

それからどのくらい経ったかしら。辺りは真っ暗だけど、人間の声が聞こえたわ。

「かわいそうに。頑張った木だったのになあ」

「ニジェールの博物館に運んで保存しよう」

わたしの体は持ち上げられ移動が始まった。

ああ、動くとはこういうことだったのね。

わたしはようやく一つの真実を知ることができたわ……。

やがて人の声は聞こえなくなり、わたしはさっきよりもっと暗い漆黒の穴へ落ちて行ったの。

花嫁の木

あたしはニーム。センダン科の木でハーブの一種よ。花が咲くとジャスミンに似た香りがするの。雲南(うんなん)の山また山の中の谷間にある、クスやブナ、シャラの木なんかの雑木林で生きてるわ。林に入ってすぐのところ。奥へ行くとクスやブナが繁って昼でも暗い。シャラの木とかあたしたちニームの一族は、風の通り抜ける明るい所が好きなの。

一緒に棲んでる曽祖母の言うことには、ニームの一族が風でここへ運ばれて、根を下ろしたのは一万年くらい前だって。その後からクスやブナなんかが入ってきたの。ふてぶてしく肥えていくばっかりのクスなんて、あたしたちニームの甘い蜜の香りに、天国が降ってきたって思ったんじゃない？

あたしたちの曽祖母は、大昔からついこないだのことまで、何でも自分が見たようにしゃべるの。昔、釈尊っていう仏様が最初の説法をしたとき、口を清めるために、ニームの木の枝で房楊枝をこしらえて、それで歯を磨いたんだって。そしてその房楊枝の木はね、あたしの曽祖母の曽祖母の……曽祖母なんだって。

それでその悟りは尊くて、山や川、木や草も、そして人間もことごとく、差別なく仏になるっていうことらしいの。でも木や草が仏になるのはわかるけど、そりゃあもっともで、とても当然で、そうならなければならないって思うけど、川なんかが成仏するのは、いったいどうやってするわけ？

川の水は流れ続けていて、その水を分けることはできないわ。水の玉のつぶつぶの一つずつが、全部、仏になるってことかと思うと、あたし何だか眩しくて眼が沁みる。

この山沿いにも春がやってきたわね。

あたしたちは花をつけて自分で生殖行為の支度をするのよ。ニームは雌雄同株っていって、早い話が両性具有よ。自分の咲かせた花の中でオシベとメシベを交合させる。それで受粉させて種をつくるの。淫らなオナニーなんかと一緒にしないでね。子孫を残すのは生きもののつとめよ。

でもあたしたちは確かに自分で孕んで種をつくるから、自分のことをメスの木だと思っているの。だってこの季節、森の香りの女王って呼ばれているもの。あたしたちのいる山はもうむせ返るようだった。

そんな春の昼下がり。

あたしの身の上に思いも寄らないことが起こったの。

麓の村から人間の男が三人登ってきたのよ。林の入り口に姿を現したのは白いヒゲの年寄りと、二人の若い男だったわ。一人は背が高くがっしりとしていて、もう一人はあどけなさの残るような若者だった。

背の高い男が先を行き、あとから年寄りと若い方がついて行くの。背の高い男が言った。

「いい匂いだ。花の精でもいるんじゃないか」

彼の声は低い響きだったわ。そうして彼は足を止めると、ニームの香りが濃く流れてくる方に、あたしの方によ、顔を向けたの。男はゆっくりと大股でこっちへ歩いてきたわ。あたしはそのときゾクッとしたの。運命が近づいてくるみたいだったわ。

きた、きた、きたわ。いい男。

林の中にニームのささやきが流れた。

あたしたちはみんなオスというものを知らなかった。だから物凄く興味をかき立てられたわ。この人間のオスはたえず動きまわっている。手も、足も、首も、眼も、口も動いている。眼が離せない男……。

「これはニームというて、虫除けの効能がある。花の季節は虫も獣も近寄らぬ。身持ちの良い木じゃな」

　年寄りがわたしを褒めてくれた。

「よし、気に入った。おれはこの木と結婚することに決めたぞ」

　と背の高い男が言ったわ。

　あああ……。

　耳を澄ませていた娘のニームたちが、一斉に悩ましげな悲鳴を上げたわね。ほんと。あたし自身だって叫びそうになったのよ。

「ああ、兄さん。おめでとう！」

　と年下の男が言ったわ。そして彼はあたしを指すと、

「何て美しい木だろう。申し分がないよ。これでぼくにも義理の木の姉ができたわけだ」

年下の若者は弟だったのね。彼は弾んだ声で兄に言ったわ。三人の中で一番喜んでいたの。

「それじゃ兄さん、今度はぼくの妻も連れてきて、ニームの木の姉に会わせよう。エルガもきっと喜ぶよ」

するとと年寄りがふさふさのヒゲを揉みながら言った。

「そりゃあおまえの女房が喜ばぬはずはない。エルガの腹はもうはち切れそうだからな」

言われて弟はぽりぽりと耳を掻いたわ。

「そんなら木婚式を始めるか」

年寄りはそう言うと、肩に吊したカバンから小瓶と小皿を取り出すと、小瓶の水のようなものを皿に注いで、あたしの足元に置いたわ。背の高い男がその小皿を取って一口飲んだ。それからもう一杯小皿に注ぐと、あたしの根方に滴らせたの……。

年寄りが天を仰いで祈り始めたわ。

「ここにわが息子とニームの若木との、婚姻の式を執り行う。息子はニームを妻とし、ニームは息子を夫とする。山の精霊を証人として、人間と草木の神々に申し上げる」
ありえないことよ！
ニームたちが騒ぎ始めた。夫婦だって、神様がお許しにならないわ。どうやって夫婦になるわけ？ 人間には聞こえない声なき声、あきれ声、叫び声、溜息（ためいき）が林に一杯溢れたの。

でも人間たちはびくともしない。背の高い男は……、あたしの夫になった男は、あたしの前に進み寄り、静かに首を伸ばしてきた。人間の男の唇があたしの前に迫ってきたの。たぶんこれも人間の生殖器官の一つなんだと思う。柔らかくて温かくて湿っていた。唇はぐっとあたしの樹皮に押しつけられた。

くるくるとあたしは眩暈（めまい）をもよおしたわ。ニームの孤独な自家生殖とは較べられない強い快感。一人でやるのとはまるで違う。相手がある喜び。夫はあたしから唇を離すと、赤いルビーのように光るニワトコの実のネックレスを、カバンから出して幹に巻いてくれた。それで木婚式は終わったのよ。

そして人間の男たちは帰って行ったわ……。

あたしの母や祖母や曽祖母たちは林の中だけでなく、遠くの木ともしゃべることができる。それで母があたしに降って湧いた、この結婚のことを調べたのよ。

「人間は年長の者から順に結婚するんだ。だから弟が先に妻を娶(めと)ることはできないのさ。しかし人間は多情な生きものだからね」

母は自分が見たようにしゃべるの。

「困ったことに、おまえの夫の弟は、村の娘を孕ませたってわけさ。大変だよ。赤ん坊が生まれる前に二人を夫婦にしなけりゃならない」

あたしの脳裏にあのあどけない若者の顔が映ったわ。今度ここへ連れてくるエルガはもう出産が近いってわけね。

「だからおまえの夫は、弟のために急いで誰か結婚相手を探さなくちゃならなかった」

なるほどね……。あたしの夫にはまだ好きな娘がいなかったのね。恋人はそんなに簡単に、手っ取り早くはできないものよ。

その点、木のあたしなら否も応もない。何しろすぐに結婚できる。

「だけど言っておくが、ニームに人間の夫は向かないよ。いずれ別れるときがくる。人間は命が短い生きものだからね。あたしたちの夫にするには不足だね」

そう百四十歳の母が言うのよ。二百三十歳の祖母も、三百歳の曽祖母もうなずいたわ。でもあたしは平気。別れのときがくるまで彼の妻でいたいわ。

次の日から、あたしの夫は三日に一度は麓から山へ通ってきてくれたわ。くるたびに彼は新しいネックレスを作って持ってきたの。ニワトコの赤いネックレスは鳥がついて食べてしまった。ヤマブドウの赤紫の実のネックレスは素敵だった。

「おまえが淋しくないように作ってきたのだ。鳥は木の友達だからな」

と人間の夫は言う。甘い実のネックレスのおかげで、あたしの枝にはいつも鳥が遊びにきてくれたわ。人間の夫は優しかった。

彼は仕事のほかに、ここへ通ってくるために、疲れているようだった。そんなとき彼は自分の胸をそっとあたしの幹に合わせるのよ。麓の村人がよくやる整体法なの。

あたしの体の中にはドクドクと樹液が流れている。鳥も獣も寝静まった夜のしじまに、その音がはっきり聞こえてくるほどよ。彼は自分の疲れた心臓の音を、あたしの音に合わせる。あたしは夫の鼓動を聴く。

ああ、命の短い人間の男よ……。

あたしはときどき幸福の最中に悲しくなったわ。

しゃべれず、動けず、夫を楽しませることが、あたしには何一つできない。生まれて四十年、あたしはまだ若いけど何不足なく生きてきた。でもあたしには夫を抱く手がないの。暖かい乳房のついた胸がない。彼にキスする唇がない。

「それじゃ、またくるよ」

と夫がささやく。あたしは人間の不思議な黒い眸を見つめるの。夜の池の水のように冷たく光っている。あたしはふと、この男は狩りがうまいだろうなと思った……。サルやイノシシ、山の生きものを射るときの狙いを定めて矢を引き絞る、人間の男の強い眼光が眼に浮かんだわ。

ある晩春のことだった。

母も祖母も友達もみんな花粉まみれになって、自家生殖に励んでいた。ただ、あたしはもうそんな気力もなくしていたの。それというのも、あたしの夫が山へやってくるのが、だんだん間遠くなってきたからよ。五、六日に一度登ってきたのが、十日に一度くらいになり、ある日とうとう半月も経って姿を現したの。

「臭いな」

と夫は眉根を寄せたわ。彼の姿を見るなり、林じゅうのニームが怒り出したからよ。ニームたちは虫に攻撃する毒をまき散らし始めたの。

「おれを追い返す気だな」

と彼は言った。あの黒い冷たく光る眸で。

やめて。お母さん。みんな。

祖母たちの遠耳のおかげで、あたしは彼に恋人ができたことを、もうとっくに知らされていたの。あたしは平気。覚悟はこのときのためにある。

「さようなら、仮の夫よ。あなたをもう自由の身にしてあげるわ」

あたしは手を振ったわ。

ニームの三百年の寿命からすれば彼との結婚は一瞬の契り。束の間の夫だった。

そのときよ。

夫が後ろ手に隠し持っていた長い物を振り上げたの！　あたしの方へ。小さい稲妻があたしの眼の前を斜めに走った。血は飛ばなかったわ。あたしの体にそんなものはない。でも色のない、見えないあたしの血しぶきが飛んだわ。

彼は大きな斧を振るって、狂ったようにあたしの根元に切りつけた。母や祖母たちは動転してめちゃくちゃに毒を振りまいた。

彼はその毒に当たって、ふらふらしながら斧を振るい続けるの。木の匂いが立ち、あたしの幹の皮や破片が飛び散り、胴体が斜めに裂けて枝が折れ飛んだ。

あたしは眼の前が昏（くら）くなっていったわ。

どのくらい気を失っていたのか。

気がつくと空中を矢のように飛んでいるのに気づいたの。あたしは一粒の種になっていた。切られた幹は置いてきた。

さようなら、あなた。

つぶやくとまた気を失った……。

ある雨上がりの朝、柔らかい黒い土の中から、あたしは薄緑のうぶげに包まれた新芽になって生まれ出てきた。母や祖母たちのいる森がどの方角かわからないけど、でももういいの。

これからまたあたしの新しい一生がここで始まることだけ、わかっていたから。

四月の花婿

山や野に春が来た。

うららかな太陽が他の樹木に先がけて、すっくと立った背の高い糸杉の先端をまず燃やす。ここは地中海沿岸地方の、なだらかな丘陵地だ。岩や石ころ混じりの乾燥した草原に、眼につく木といえば濃い緑の円錐形の、われわれ糸杉の影くらいだ。

明るい草地にわれわれは、たっぷりした間隔を空けて立っている。だから糸杉の林はさんさんと明るい。同じ糸杉の仲間でもシダレ糸杉やアリゾナ糸杉たちは、ぼさぼさの枝葉を広げているが、われわれは一糸乱れず、丘陵にともった緑色の細長い蠟燭(ろうそく)の火だ。

けれど強風が吹いても糸杉の火は消えない。八千年前にわれわれの初代がここに根をおろして以来、ずっと天の衛兵のように直立し続けている。

世界に異変が起きたとき、ただちに天の声に耳を澄ますことが出来るように。けれど世界に変事は起こらず、天の通達はなく、今年の春もたけなわになった。鳥の声に混じって風の音が鳴るくらいで、世界は隅々まで静かだ。

「おお。今年もお客がやって来たぞ」

ひときわ梢の高い、隣の年取った糸杉が言った。下から人間たちの声が聞こえてくる。麓の村人たちである。この季節、われわれが最初に見るのは人間の年寄りたちの姿だった。


人間は老いやすい。つい昨日まで若者だったのが、今日は杖にすがって登ってくる。彼らは日の照る糸杉の林を、土を踏み締めるように歩いて来る。皺の深い手でわれわれの幹に触れ、叩いたり押したり、高い梢を見上げたりする。

「おう。そばに寄るだけで高貴な精油の香りがする。逞しい青年の木じゃ」

一人の老人がわたしの幹に、絹糸で織った赤い紐を巻き付けた。

「こっちの糸杉も神の杖のように美しい」

林のあちこちで仲間の若い木が、わたしと同じように赤い紐の目印を付けられた。

やがて彼らは木を選び終えると、明日の支度をするために、またそそくさと麓へ降りて行った。

人間はわれわれ木の一族を自然の神と崇めている。木は地上の生きものの中で、最も大きく重く長命な生きものだ。彼らが驚くのは、たとえば五十メートルもあるほどの糸杉が、人間みたいな心臓のポンプも持たず、天辺の一本の枝の一枚の葉の先端まで、地中の水分や養分をぐるぐる循環させることだ。

何も食べず飲まず、日ざらし、雨ざらしの環境で、それでも何百年、千年余も生きるものもいる。それは神の御姿に似ている。不死不食不動の存在とは神しかいない。

けれどもわれわれは神ではない。木は動物と違って動くことがないので、心臓ポンプの必要はない。幹や枝の中には管が通っているので、水や養分はそこを通って循環するのだ。また水分は一斉に葉から放出しているので、その排出分だけ土中の根から自然に水を吸い上げている。これを毛細管現象という。

それならもしや木の心臓は、青々と繁った木の樹冠かもしれない。するとわれわれは緑色の巨大な心臓を頭に載せた生きものだ。

風の伝言で知った東の国の預言者ゾロアスターなる人間は、糸杉を聖なる種としてみずから植え、そこから生えた二本の糸杉に、アレキサンダー大王なる人物が、『太陽の木』『月の木』と命名したという。

われわれ糸杉は木の中の木といえよう。

村人たちは、糸杉の一族と縁戚を結びたがっている。つまり人間以上のものになりたい。これは昔から人間という人間すべての願いだろう。

この地方の村人が考えた一番手っ取り早い方法が、つまりこの赤い紐である。逞しい糸杉を選び出し、適齢期の娘たちをここへつれて来て木と娘との結婚式を挙げる。

糸杉の林には赤々と火が焚かれ、祝宴はひと晩中続く。林の中は濃いブドウ酒や食べ物の匂いで満ちて、鼻をつまみたくなるほど人間臭くなる。

それが終わると、昨日まで羊を追い、オリーブの実を採り、冬眠前の栗鼠のように働いていた娘たちが、神の木の妻になる。

明くる朝。

夜明けを待ちかねていたように、麓から人間たちが登って来た。昨日の年寄りたちを先頭に何十組の家族が、鍋や皿、羊の肉のオイル漬けや、鶏の揚げ物、レーズンやクルミの菓子、ブドウ酒や、果物などを抱えている。
選ばれたわれわれ糸杉の足元には敷物が広げられ、祝宴の馳走が並んだ。頭から黒衣をかぶった花嫁たちが手を引かれて、われわれの前につれて来られる。結婚の祝詞を宣する役は、人間ではない。キツツキがカゴに入れられて来る。神は人の口は借りない。

キョッ、キョッ、キョッ。

と口を切る。年寄りが木の小枝をカゴに差し込むと、キツツキは、カッカカッカッとそれを突つく。やがて高らかに美しい糸を引き延ばすように鳴いた。

ラリー、ラリー、ラリー、ラララー！

ラリー、ラリー、ラリー、ラララー！

神の祝辞が何を語っているのか、誰もわからない。女たちが火を熾（おこ）し湯を沸かして、糸杉の精油を数滴落とす。いい香りだ。糸杉はスギ科ではない。今から八千年前にスギ科と別れて、ヒノキ科が生まれたのだ。

ヒノキの仲間は香りが際立っている。糸杉で家具を造る職人は、難しい仕事になると樹皮を口に入れて噛む。するとどんなぼんくら頭でもスッとする。薬の成分が作用するのだ。

人間は毛のない猿に似ている。毛がないぶんだけ、娘たちの体は傷つきやすい果物のようだ。女たちが娘の服を脱がせる。娘のつるつるの薄い体の皮に、精油入りの湯が掛けられる。

頭から額に流れ下り、鼻から顎(あご)へ、乳房、腹、下腹部の窪みの薄い茂みを濡らし、足へ滴る。背中から流れる湯は尻を滑り落ちる。

式がすむと祝宴が始まる。人間や獣、動物たちは頻繁(ひんぱん)に食物を口から入れる。それで命をつないでいて、しかも快楽が得られる。男も女も踊り、酒を飲み、料理が運ばれてくる。

わたしの花嫁はスミレの冠を頭にかぶり、長い緑色のドレスを着て、輪の中心で夢中で踊り回っていた。若い男たちと手を取り合い、足を上げ、飛び跳ねている。

動物とはよく言ったものだ。人間はじつに動きまくり、じっとしているときがない。手も足も、眼や口も、頭の中も、コマネズミのようだ。

「そろそろハサムの家の爺さんが死にそうだ」

後ろの敷物で年寄りたちがしゃべっている。

「四、五日もたぬかもしれない。今度の葬式の当番はどこの家じゃったかな」

「ハセの所だ。わしがちょっくら行って来る」

年寄りも忙しい。死にかけても仕事がある。花嫁はまだわたしの所に来る気配がない。代わりに、花嫁の父親が忙しそうにやって来た。

「聖なる糸杉の婿殿よ。わしはあんたの花嫁アーイシャの父で、ハヤトゥという者だ。今日からあんたの義父となる」

さっきまで村の石工の親方だった男が、神の木の義父になった。彼は片手に持った酒杯をグイとあおると、せかせかとどこかへ行って、やがて二人の若い男をわたしの前につれて来た。

「聖なるわが家の義理の息子よ。こいつはアーイシャの兄のハズムで、あんたの義兄となる。こっちはアーイシャの弟でシーム、義弟だ」

彼の倅(せがれ)たちは、どちらも父親似のせっかちそうな顔付きだった。人間は動くので性格が言動に表れる。短気だったり、気が長かったり、おしゃべりだったり、無口だったり、バラエティーに富んでいる。

石工の倅たちも神の木の義兄と義弟になった。人間の義父はその間にも酒を飲み、ふらつきながら向こうへ行って、踊りの輪から、乳房が腹まで垂れ下がった女と、まだ少女のような年若い娘の手を引いて来た。

「婿殿よ。この年取った女はわしの妻のダリアで、あんたの義理の母となる。今はだいぶ古びたが、昔は良い乳の出る山羊みたいに自慢の妻だった。それでこっちの娘は妹のメルで、あんたの義理の妹だ」

彼の言葉がだんだん雑になってくる。

女たちはしらふなので、さめた顔で卑屈に笑っている。

これで神の木の親族が勢揃いした。

義理の姉の姿がないのは、木と結婚する娘は一家に一人でよかったからだ。こんなわけで村の全戸が木の親族になってしまう。例外は娘のいない家だ。息子がいても娘の代わりにはならない。息子は嫁に行かない。

わたしは暇なのでぼんやり考える。

「すると娘のいない家はどうなるんだろう」

隣の糸杉に尋ねてみた。

「なに、簡単なことじゃ」

隣は八百歳を超えた、巨大な壁が突っ立ったような糸杉だ。人間の歯抜けのように、枝がぽろぽろ欠けている。それでも樹冠に載せた緑の心臓ポンプは、まだしっかり拍動している。

「息子がいるなら、その息子が嫁を取ればよい。村じゅう何しろ、木の親戚ばかりじゃて」

なるほど。

「それなら、息子もいない家は？」

年寄りの糸杉は風に枝を震わせた。

「親の代は、もとから木の一族じゃ」

木の結婚は、子どもの代が更新していく習わしなのだ。

林に黄昏（たそがれ）が訪れて、われわれの長い影法師が薄闇に呑まれていった。踊りの輪は相変わらず続いている。間に男と女の歌が交互に続いていく。キツツキは鳥カゴで寝てしまった。

夜の濃い闇が落ちて来ると、人間たちは焚き火をかき立てて、辺りを明るくした。寝てはならない。頑張って起きているために、女たちが熱いコーヒーを配った。

「ムシューの女房が、生まれそうだってよ」

後ろの敷物の爺さんたちが言っている。

「そりゃまずいな。ハサムの女房とカチ合いそうだ。産婆が足りない。間に合わないときはサダムのとこの婆さんを頼むといい」

話しながら年寄りの欠伸（あくび）がまじる。

「わかってるわ。姉さんがパキムと結婚するまで、あたし彼に会わないわ。だって姉さんより先に妊娠したら大変」

「そうよ。忘れないで。きっとだからね」

わたしの義理の妹と、義理の母の声がする。二人はずっと向こうの踊りの輪の陰にいる。わたしは遠耳が利く。

夜中になるとさすがに人間も疲れてきたらしく、歌声も話し声も低くなった。彼らは担いで来た毛布にまるまって、夜明けを待っていた。花嫁は焚き火の近くで、妹と毛布をかぶって眠っていた。さっきから一緒に踊り続けていた若いのが、恋人のパキムだろうか。彼はどこに潜り込んで眠っているのだろう。

辺りが静かになると、われわれが地下の水を吸い上げるシューシューという音が、耳を凝らすと聞こえてくる。あっちでもこっちでも地虫のように。微かな寝息のようでもある。

われわれは静かな生きものだ。

そんなことをあらためて思い始める。

生まれてくるときも、静かに地面の土を押しのけて音もなく芽を出し、死んでいくときもいつとは知れず、声はむろんなく、周囲にも気づかれず、立ち枯れて倒れるまで、何十年もかけてゆっくりゆっくりと逝くのである。

静物とはまさにわれわれのことだった。

動くときは風に悪さをされるときで、自分の意志では葉っぱ一枚震わせたこともない。生も死も寂寞の中にある。生きものでわれわれのようなのは、ほかにいない。いや待て、空の星がいるのだった。あれらは夜の糸杉の枝に止まる生きた光の虫である。その証拠に微かに膨らんだり、萎んだり、息をしている。人間は星のことを石というが、あれらも静かに生きている糸杉の友達だ。

朝日が昇って、林が黄金色に明けていくと、人々は眼を覚まして帰り支度を始め、荷物を背負って山を下って行った。わたしの一日限りの花嫁や、義父や、義母や、義兄、義弟、義妹たちも消えていった。

それから十日過ぎ、三月過ぎ、半年もすでに去った。

人間の花嫁はそれっきり音沙汰ない。風の便りでは、彼女は村の若者のパキムと結婚したようだ。来年あたり彼女に似たコマネズミのような子どもが生まれて、たちまちそこらを走り回るだろう。

いや、それより、来年の四月になると、またわれわれ木のオスを求めて人間たちが登って来る。

その騒ぎがありありと見える。

大きな赤いトックリ

ことのしだいは、年取った酋長が死んで代替わりした息子が、象に乗ってここへ通りかかったときのことだ。若い酋長はおれを見上げて首をかしげたんだ。

「このバオバブの木は、いったいどっちが頭なんだろう」

そりゃ普通、木というものは枝を上にして、根を地中に埋めているものだから、頭といえば当然この幹のずっと上の青々と茂った先っぽに決まっているが、われわれバオバブにかぎっていうと、断定できないわけがある。どうもおれ自身にも、この枝の天辺が頭だという自信がない。

ぼってり膨らんだトックリ型の幹は、上下どっち向きに立ててもおかしくはない。枝には一年の間ほんの数ヶ月しか葉が生えてなくて、もじゃもじゃとねじ曲がった短い枝は、もしや根じゃないかと不審に思うときもある。

このマダガスカル島にはおかしな動物や、おかしな植物が多いが……、とりわけわれわれバオバブの木は、地面に埋め込まれた逆さトックリ、胴体のない象の足、などと言われながら、地上の謎のごとく立っている。

こないだ親父を地に埋めて葬ったばかりの酋長の息子は、この世の裏側などというものを、しみじみ覗（のぞ）いてみたくなったのかもしれん。彼の頭の中でバオバブの謎は日ごとに大きくなっていく。できることならおれが教えてやりたいが、このことばかりは自分でも記憶がないんだ。

おれは何歳になるか知らない。調べようにも、おれたちの体内は海綿状で年輪というものがないのだ。

あるとき島に植物学者たちがやってきて、ひときわ大きなおれを見つけると幹を測った。おれの高さは百フィート（30メートル）、幹の直径は五十フィート（15メートル）あった。

おれはいわば一本の植物の塔だった。

学者はバオバブの種を地に蒔（ま）いて、十五年目に花が咲き、三十年目に直径が七十五センチメートルに達することを確かめた。それでバオバブの幹が一年に二・五センチメートル平均で太ることを突き止めた。

そこから彼らはおれの樹齢を計算したんだ。おれは約六百歳ということになった。すべては推論だけどな。しかしバオバブは五千年生きるといわれているから、おれもまだまだ生きるだろう。生きながら日々の記憶を忘れていく。われわれに年輪が生じないのは、たぶんそんなぼうっとした性分のせいに違いない。

時はゆったりと流れていく。

ときどき夜中にアイアイが遊びにきた。

コウモリが化け損なったようなチンケな夜行性の猿だ。ギョロ目で、ビーバーみたいな尖(とが)った前歯、針金みたいな細長くて真っ黒な爪の生きものが、象の足を這(は)い上がる蟻のように幹を登ってくる。夜は長く、アイアイは暇なのだ。

彼はやせ細った餓鬼のような腕で枝にぶら下がる。

「ねえ、人間たちは、バオバブは逆様の木だって言ってるけど、どうしてなの。何でそんなことになったのさ」

「それには二つの話がある」

枝に小猿を乗せておれは話し出した。

一つはわれわれにとって不名誉な言い伝えだ。

「バオバブは世界で一番最初の木だったんだ。その次にすらりと背の高い椰子(やし)の木がやってきた。バオバブはそれを見たとたん、もっと背が高くなりたいと泣いた。次に深紅の花をつけた火炎樹が顕れると、バオバブはその赤い色を嫉んだ。次にイチジクが実をつけて出てくると、自分も実をつけたいと、神に頼んだ」

「へえ、困った木だね」

「それで神は怒ってバオバブの根っこを引き抜くと、逆様に地面に突き刺してしまったんだ。凄いだろう」

「あたいは信じないよ、バオバブ」

「おれの記憶にもそんな事件は残ってないんだ。しかしこれが逆様の木の由来なんだ」

「もう一つは？」

「暑い夏の盛り、悪魔がバオバブの木陰に入って休んだ。しかし夏場のバオバブには日陰をつくる葉がない。葉が生えるのは冬場の三ヶ月ほどだ。それで怒った悪魔は」

「バオバブを引っこ抜いて、逆さに突き刺したんだね！」

話がどっちに転んでも、逆様の木、アップサイドダウンツリーになるのがバオバブの結末だ。

「それじゃ、あんたの本当の手はどれなのさ。本当の足はどれなの？」

アイアイは黒い眼鏡をかけたような目で聞いた。

「そうだな。本当のところはおれにもよくわからんが、おまえを乗せているこれは枝で、おまえたちにとっては、手のようなもんだ。そして地面の下でも、これとよく似た根がおれの図体を支えている。アイアイよ。おれとおまえは根本から違うんだ」

するると小猿の目が哀しげにまたたいた。

「どうしてさ、バオバブ。あたいたちはこんなによく似てるのに！　こんなに気が合ってさ、話も合うのに」

アイアイは親も兄弟もいない。

「おれにはおまえみたいな頭も目もない。心臓もない」

「心臓がないのにどうして生きてるのさ」

「じっと動かないでいるぶんには、心臓はいらないんだ。おれたち木はな、根が地中の水を吸い上げて、枝葉から蒸発させるんだ。自然の仕掛けで生きている。体はこんなにでっかいが、じつは静かな生きものなんだ」

「あたいもじっとしていたら、心臓はなくてもいいのかしら」

「おまえはそんなに小さいのに、くるくると動きまわってるじゃないか。心臓がなかったら生きていられない」

「ああ、バオバブ。そうじゃない。あたいたちは似ているよ。ほら、あんたの枝と、あたいの手は、こんなにそっくりだ。きっと昔は兄弟だったんだ。遠い昔、あたいたちはこうして並んでじっと立っていたんだよ。緑色の葉っぱの衣装をつけてさ」

アイアイの頭の上に、今にも夜露の滴（したた）り落ちそうな黄色い月の輪が架かっていた。おれは月の光を浴びているうち、アイアイのいうことは当たっているかもしれないと思うのだった。

大昔、ここには世界の八割方を占めるくらいの大きな陸地があったという。それが海に沈んだり、切れ切れに漂って行ったあと、わずかの陸がここに残った。

それがこの島。マダガスカルだ。


ときどき地を鳴らして、象がやってきた。

こいつらはアイアイと違って用心がいる。島の長い夏の間、喉の渇きを癒やすため、彼らはバオバブの幹にズブリと牙をぶち込むのだ。

バオバブの木は大きな給水塔だ。一本の木が蓄えている水は集荷場に運ぶ二十トンの貨物車に、何十台分もあるという。だが象の命と引き替えに、下腹が破れたバオバブは腐って死んでいくこともある。

危険な長い夏の終わりは五月だ。

それから八月一杯くらいまでの短い期間が島の冬期だ。南回帰線が島のそばを通ってはいるが、山から吹き下ろす風にここは冷え込む。

ある朝、人間たちが四、五人、長い紐を持って、おれの幹をよじ登ってきた。楔（くさび）を打って足がかりにして上がってきた。それから紐を天辺の枝に編み目のように結（ゆ）わえ付けた。おれは黙って見ていた。人間は小さい尺取り虫のようだ。

おれの根元の方では、また別の人間たちが地面に鍬（くわ）を打ち込み始めた。彼らの汗が飛び散って土を濡らした。

何をするんだろう。不吉な予感がしはじめた。

辺りのバオバブの仲間もざわめきだした。

「酋長が何かしようというのじゃないか」

隣の木が叫んだ。

「何をする?」

「おまえを掘り出して、どっちが上下か調べるんじゃないか」

若い酋長の暗い眼の光をおれは思い出した。世界のことが一つ一つ信じられない人間がいるのだ。自分で確かめてみなければおさまらない者がいる。

午後いっぱいかけて彼らは根方を掘ると、やがて引き揚げて行った。人間の力は微々たるもので、おれの根方にはミミズが這ったような細い溝が出来ただけだ。しかし彼らは翌日も、翌々日もやってきて掘り続けた。

アイアイは紐に巻かれたおれを怖れて、近づいてこなくなった。代わりにエレオノラ・ハヤブサが枝に乗った。冬に島へ来る大きな渡り鳥だ。

「噂によると、あんたは掘り出されて、今度は逆さに植えられるようだ」

ハヤブサが教えてくれた。バオバブは島では『命の木』と言われる。だから手厚く植え直そうというのだった。

「気分はどうだね」

ハヤブサは羽ばたきを止めて聞いた。

「わがことながらドキドキするよ。おれも本当の自分の上下というものを、一度は知りたいと思っていた」

「明日は引き上げて出すようだ。楽しみだな」

ハヤブサが飛び去ると、日没が訪れた。おれの足元には大きな穴が口を開けていた。夕闇が穴に呑み込まれた。

翌朝、日の出と共に人間たちが象の列を引いてやってきた。

おれは枝という枝に紐を掛けられて、網目の帽子をかぶったトックリのようだった。それ、引け。やれ、引け。酋長が象の背中で指揮をとった。象の列が引くと、おれは頭からグラグラ揺れながら傾いていく。

今まで見慣れた広いバオバブの林が斜めにかしいで、視界の底に沈んでいく。真っ青な空が投げ出され、赤い地面がおれの目の前にぶつかってきた。人間の喚声が上がった。

尺取り虫たちが倒れたおれのそばに寄ってきて、みんなで枝の紐を解いた。それからおれは今度は逆さに紐で結わえられた。高い櫓（やぐら）が組まれて、その後には何十頭もの象が岩のような尻を並べ、おれの紐をきりきりと引いた。

「これは天と地を併せた難問だぞ」

酋長がおれを見て叫んだ。

「上下のない象の足！」

「口と底のないトックリ！」

「幹の両端に根を付けた木！」

とにかく逆様にせよ、と酋長が言う。おれは象の牽引で逆さ吊りにされていく。やがておれの頭が地面に空いた穴の上に移された。ズシッ、と穴の底へ落とされてしたたかに頭を打った。枝がめりめり悲鳴を上げた。

それから辺りは真っ暗になっていった。

何も見えず、聞こえなくなった。ということは、今度こそおれは初めて上下逆様の、アップサイドダウンツリーになったんだ。

夜になると、アイアイがそばにやってきた。

それで地上が夜になったのがわかる。

「大丈夫？」

アイアイの小さい声が聞こえた。

「大丈夫であるもんか、元に戻りたい」

「ああ、それはもう無理よ。酋長は戻ってこないし」

苦しいの？　とアイアイが震え声で尋ねる。

「いや、それより気分が悪い。バオバブはやっぱり逆さの木じゃないんだ。そのことがわかった」

空中に放り上げられたおれの無数の根。おれの足。土中に刺さったおれの枝々。おれの頭。逆様に巡り続けるおれの樹液。緑色の血。鬱血する頭……。おれは叫び散らし、アイアイは驚いて逃げて行った。

朝がきたらしい。

「どうだね。気分は」

代わってハヤブサの声がした。

「最悪だ。何とかならないか」

「逆様に慣れるしかない。しかしなに、たいしたことじゃないさ。どうせわれわれ生きものも、山や川や海までも、じつはみんな、一年の半分は逆さになっているんだ」

「それはどういうことだ」

「おれは春になるとエーゲ海へ出て、ギリシャまで飛んで行くのさ。途中で北からやって来る鳥に会って聞いてみるんだが、空も海もずっと続いているという。どこにも切れ目がないわけだ。わかるかね。世界はまるい玉なんだ。玉に上も下もないからな」

ギリシャからやってくる鳥は不思議なことを言う。

「だからみんな元から逆様で生きている」

「だがおれはその逆様の玉の上で、もう一つ逆様になっている」

「特別に念入りなだけさ」

「どのくらいで慣れるものだろうか」

「木は人間の寿命より長いから、もうちょいかかるかな。しかし大したことじゃない」

木の特質は環境に順応するものだけが生き延びる。おれは心を静めて目をつむった。ハヤブサはいつの間にか飛んで行ったようだった。また夜がきたことがわかる。逆様になって二日目の夜がきたのだ。

じっと瞑想していると、バオバブには見えないはずの地上の夜空に、自分の跳ね上がった下半身の、根の絡まりが映った。もじゃもじゃとした根の間から、細い弓のような月と金砂(きんさ)をまいたような冬の星座が見えた。

見える。逆さになってもおれは見える。今夜も夜道をアイアイがひたひたとやってくるのが見えてきた。

「バオバブ。待っていてくれた?」

おれの逆さの頭にアイアイは頰を寄せて言った。それから小猿はいきなりアッ――と叫んで飛びのいた。

「臭いよ! バオバブ。腐ってる! 掘り起こすときに木の皮が破れて、そこから悪いカビが入ったんだ」

アイアイがしがみついて泣き出した。

「死んじゃうよ！　バオバブ」

だがおれは痛くもなければ痒くもない。しかしそういえば海綿みたいな体から、臭い水がどくどくにじみ出ている。地に刺さった体も、ずいぶん傾き始めているようだった。

「アイアイ、泣くな。悪い気分じゃないんだ」

とおれは妙に静かな心持ちで言った。

おれの体は大地の養分になって、溶け込んでいくのだ。

何しろ六百歳だからな。もういいだろうさ。

「あの渡り鳥にも言っといてくれ。バオバブは逆様に昇天して行ったってな！」

とたんに、ヒィー、とアイアイの泣く声が響いた。

草原に並ぶもの

木は犬に似ているのだ。

信じられないかもしれないが、蟻にも似ている。彼らは仲間と生きているからだ。それで当然、人にも似ている。

なだらかな草原のひと隅に生えた木は、年寄りも、おとなも、幼い子どもも混じっている。隣近所にも同じような家族が暮らしている。

木は社会性を持つ生きものだ。

たまに仲間から外れて一本だけ、怪物みたいな姿で樹齢を重ねている巨木もあるが、孤独が好きというわけじゃない。何かの事情で一本だけ生き残っただけだ。曲がりくねったクセ木で使い途がなかったとか、痩せこけて伐る気がしなかったとか。何らかの欠陥があったのだ。

それでも仲間の木が刈られると、残った木は太陽の光を満身に浴びる。年月が一本立ちの木を太く大きく育てる。だが淋しい木だ。友達のいない犬と同じ。犬は百年も二百年も生きないが、木は生きねばならない。

向こうの丘の手前の草原に、一本のずんぐりしたヨーロッパ・ナラの木が立っている。いわゆる孤立木というやつだ。ヨーロッパ・ナラは、西洋カシの木などと一緒に広くオークと呼ばれてもいる。大量のドングリを毎年地面に落とすので、『収穫の父』と崇(あが)められている。

「おーい」

独りぼっちのヨーロッパ・ナラの木が今朝も誰かを呼んでいる。すると緑色の春の大地の彼方から、

「おーい」

と呼び返す声がある。彼方に黒い木の影が見える。もう一本のヨーロッパ・ナラの木だ。二人は朝となく昼となく夕となく、年取った獣みたいな声で呼び合っている。たがいを確認するだけで、とくに用事はなさそうだ。

辺りは広い丘陵で、村へ下って行く一本道の途中にこれまた長いヨーロッパ・ナラの並木がある。昼も暗い鬱蒼(うっそう)とした木のトンネルといっていい。草原に立つ二本の孤独なヨーロッパ・ナラと違って、われわれはこの並木の顔ぶれで昔々から生きている。

朝日が出て丘陵一帯を黄金の光で射し始めると、われわれの並木道は金と黒の美しい横縞模様に染め分けられる。ときどき畑に行く農夫と犬がその地面を踏んで歩く。まるで荘厳な朝のミサみたいな眺めだ。よく訓練された牧羊犬たちのように、われわれヨーロッパ・ナラの並木も整列して動かない。

だが百年も二百年もただ突っ立ってるだけじゃなく、木は精神活動をするのである。この世の様々な問題を取り上げてみなで議題に上げるのだ。われわれ木から物を考えることを除いたら、ただのドングリ生産機だ。

今日の議題は『村の生産性の向上について』である。しかしこれはもう数年前から続いている案件だ。でも急ぐことはない。時間はたっぷりある。

「村人はわれわれの作るドングリに頼りすぎてはだめだ。豚や牛がドングリを食べて増えすぎると、草原も丸禿(は)げになってしまう」

斜め向かいのヨーロッパ・ナラが言う。ドングリが実るにも草が生えるにも季節と時間が必要だが、増えすぎた豚どもは草刈り鎌みたいに緑の絨毯(じゅうたん)を剝ぎ取ってしまう。

「だいたい人間はなんであんな汚れた、糞とよだれまみれの臭い生きものを食べたがるんだ」

「動くものが好きなのだ」

「豚と犬と似ている」

「まったく。哺乳類同士だからな」

とくに話は進まない。この議題で十年はもつだろう。

みんな同じ顔ぶれで、波のような深い皺(しわ)を刻んだ幹を、地面にずぶりずぶりと突き立てている。神々の会議のようであるが、さすがに長く生きているので眠気がさす。

春の陽はお湯みたいで、あつらえ向きに甘い蜜の香りも漂ってきた。うつらうつらする。

蜜の香りは丘の裏手から流れてくる。

この先の村の教会へ行く途中に、冬ボダイジュの並木があった。昔からこの木は聖母マリアを祀(まつ)る所に植わっていて、『慈悲の木』と呼ばれている。

彼女たちは縦皺の入った背の高い幹をしている。ふかふか繁った枝には、浅緑色のおおらかな卵形の葉がついて、この季節は黄色い羽根飾りみたいな花を、こぼれんばかりに咲かせている。ミツバチが羽音を立てて飛び回る。

われわれと違い、麗しい彼女たちは年がら年中、愛と赦しについてしゃべり合っている。

今朝、われわれの前の道を通って、村人たちが冬ボダイジュの並木の方へぞろぞろ歩いて行った。一人の男がうなだれて紐で引かれて連れて行かれた。まだ若い男だ。

「裁判が始まるんだ」

隣のヨーロッパ・ナラが見送って言った。

「どうせ種盗人か、鶏のかっぱらいだ」

軽い盗みは裁判所まで行かず、村人は教会の前の西洋ボダイジュを囲んでおこなうのだった。だいたい裁判のような威厳のあるものを、蜜の香りのする彼女たちの木のそばで、なぜわざわざ開くのだろう。

時刻は過ぎて昼近く。

裁判がすんで村人の行列が戻ってきた。その中に紐で引かれた男の姿はもうなかった。紐を解かれて村人の中に混じって帰る。

村の中でおこなわれる裁判は、なるべく罪人を出さないようになっていた。それには冬ボダイジュの象徴である『慈悲』にあやかる必要があったのだ。冬ボダイジュの並木が、花びらをひらひらふり撒(ま)いて見送る。


夏がきた。

村人たちは草や穀物が育つ雨を待った。

だが木にとって夏は油断のならない季節だった。とくにわれわれヨーロッパ・ナラには恐怖である。雨は雷を呼ぶ。雷は木に落ちやすい。

悪いことにヨーロッパ・ナラの木は長い根を持ち、よく地面の奥深く地下水に根を下ろしている。雨の中、みずから雷を呼ぶのだった。

雷に打たれたヨーロッパ・ナラは天の雨の神、雷神のそばへ昇って行く。われわれ助かったものは胸をなで下ろす。とりあえず雷神の標的は一本でいいのだ。村人たちは雨乞いの犠牲の木に祈りを捧げる。

有り難いことに雷は、人の手が植えたヨーロッパ・ナラの並木には落ちにくい。地下水脈に関係なく、人間の事情によって植えられるからだ。それでわれわれの並木は樹齢を重ね、最近ものすごく繁りまくっている。

ある激しい雨の夕方。

ガリガリガリ……、ドッカーン！

草原に金色の凄まじい稲妻が走った。

天から運命の矢が下ったように、それはあの一本立ちの大声の木に突き刺さった。彼は太い幹が地面から飛び抜けるほど、バシ、バシ、バシッと衝撃に激しく身震いし、全身が一瞬、金色の光と化したかと思うと、煙が立った。

大声のぬしのそれが最期だった。

それなのに叫び声も、うめき声一つ発しなかった。いつかこういう日がくることを、地面の下の水脈に足を付けて考えていたのだろう。

たいしたやつだった。

「おーい」

遠くから友達の声が虚しく響いた。

「おーい。おーい。おーい！」

ヨーロッパ・ナラの木の焦げる臭いが草原に流れた。

雷神はやがて去って行った。教会へ下りる坂道で、並木の冬ボダイジュたちが草原の惨劇を気配で感じ取っていた。

「これは愛よ。ヨーロッパ・ナラの木の尊い愛のおこないだわ」

彼女たちは何でも愛という結論にして、ケリを付ける。

ある日、並木のわれわれには別の恐怖がやってきた。

何しろ木が繁り過ぎたのだ。夏を過ぎると、猛烈に繁茂しまくったヨーロッパ・ナラの並木は、朝日が草原を照らしても美しい金と黒の横縞模様は現れてこなくなった。木の下の道は昼も薄暗く、狼が夜と間違えて入り込んだりもした。われわれ自身も仲間の枝同士を窮屈に差し込んで、息苦しく立っていた。

「増え過ぎたのは、ドングリを食った豚だけじゃない」

誰かが言った。ドングリが実ってどっさり地に落ちると、村人がそれを収穫し、数日後には大きな斧（おの）や鉈（なた）を担いでまた現れた。

われわれは自分たちがやがて失う枝のことを観念した。しぶしぶ繁った枝を差し出すことにした。しかし人間はそんな生半可なことで許しはしなかったのだ。

植物の成長に間引きは欠かせぬ処置である。村人の家でも子どもが生まれ過ぎると、内緒で神に返す行為をする。それと同じだ。昔われわれが幼い芽であった頃、充分な間隔で植えたはずの並木はもう住処（すみか）とはいえない。

一本ずつもっと相応しい広さの地面が必要だった。村人はわれわれの根元を見て歩いた。

居並んだ仲間の内の誰かが言った。

「緊急議題だ」

「何だ。早く言え」

「仲間とは何であるか」

しいーんとなった。事態が逼迫（ひっぱく）しているので頭がまわらない。精神活動が停止する。

人間たちが目印の紐をわれわれの仲間に巻いていった。四、五本に一本あて伐り倒されることになる。とくに太くなり過ぎた木では、ついでに隣の木にも紐を巻くことを忘れなかった。

二人一組の人間が、目印のついたヨーロッパ・ナラの幹に斧を振るい始めた。あちこちで仲間の悲鳴が上がった。そういえばこの二百年の間にも、何回かこんな声を聞いた気がする。忘れていたのだ。われわれは長い間、何とうつらうつらしていたことだろう。

ガツーン。

ガツーン。

幹を撃つ太い刃の音が響く。

隣の木が斧の衝撃で傾きだした。

「仲間とは……」

息も絶え絶えに隣のやつが叫んだ。

「犠牲となるやつもいる……」

めりめりと幹の裂ける音がする。どこかで聞いたことがあると思ったら、雷が落ちたときの音と同じだった。あっちでもこっちでも火のない雷が次々と落ちていく。日の傾く頃、伐り倒した木をまとめると、村人たちは馬車に載せて運んで帰って行った。オーク材は堅牢な家具や馬車になるのだ。

秋の夕日が深くヨーロッパ・ナラの並木に赤々と射し込んできた。われわれは久しぶりに枝を伸ばし、大きく深呼吸をした。伐られた仲間に感謝する。ありがたい。

「それは愛よ……」

冬ボダイジュの甘ったるい声がどこかで聞こえた。彼女たちは相変わらずくすくす笑っている。

「素晴らしいことよ」

「おーい」

丘の上に相棒をなくしたヨーロッパ・ナラが呼んでいる。

何て諦めの悪いやつだ。

「おーい。おーい。ほんとに死んじまったのかあ。お前に限って、そんなことないよな。すぐ息を吹き返して、また来年はどこかの枝から葉が生えてくるんじゃないか。雷に当たっても全部が全部、死んじまうわけじゃない」

彼は耳を傾ける。

しかし丘は静かだ。風が流れるばかりだった。

「おーい。ほんとに死んじまったのかあ……」

金と黒の横縞が地面を染める長い道に、われわれは黙って並んで朝日を浴びていた。

燃える木

ゴビ灘(タン)から吹いてくる大風が、ひと晩じゅう荒れ狂った明くる朝。

金色の太陽に照らされたポプラ並木には、案の定、いろんなものが引っ掛かっていた。

おれたちの背丈は優に四十メートルはある。その天辺(てっぺん)近い枝にぶら下がっている長いのは、紐じゃない。ガラガラ蛇だ。

そのもう少し下の枝の茂みには、ヤギが一匹。ハンモックみたいに揺れている。道をはさんだ向かいのポプラには、白い花が咲いたようにニワトリが七、八羽も乗っている。

アヒル、犬、猫なんかもいるのだった。カラスは黒いボロ切れみたいに枝の先に垂れている。やれやれ。とんだ厄介ものを背負い込んでしまった。こいつらがみんな出て行ってしまうまで、どのくらいかかるんだろう。

こないだの強風では、最後の一匹の猫を追い払うまで十日間もかかった。猫は執念深い生きもので、その上、人の言うことを聞かないので、往生際が悪いのだ。

おれは怒鳴った。

「おい、おまえら！　見ての通り、ここは混み合っている。自分の状況が呑み込めたら、とっとと出て行ってくれ」

辺りはしいーんとして答えるものはない。どいつもこいつも虚ろな目をしている。夜が明けたばかりで、まだ目が覚めきってないのだ。

ゴビ灘は地上の海原だ。

真っ平らな地の底から風が生まれてくる。それは走るたびに加速がついて、風の足はだんだん猛烈に速くなる。

ゴビのことを旅人は砂漠という奴もいるが、砂漠は砂だ。

ゴビは小石と乾いた泥で出来た、不毛の荒れ地だ。それが砂漠みたいに広がっている。こういう土地を中国では灘(タン)と呼ぶのだ。

果てのないゴビ灘の西の外れ、ようやく普通の大地が開けた道路沿いに、おれたちノッポのポプラは植林された。ゴビの風を防いで人間の住む世界を守る役目だから、並木は延々とゴビ灘の境界線に何十キロも延びている。

見渡せば本当にどこまでもペッタンコだ。真っ平らな荒れ地。山も川も林も家もない。だから風が吹きまくるのにもってこいだ。

「やや。人間がいるぞ」

向かいのポプラがこっちを見て叫んだ。おれの天辺に近い枝の茂みに、汚れた旅装の若い男が引っ掛かっていた。茂みに隠れて気が付かなかった。頭に毛がないところは、チベットか何処(どこ)かからかきた旅の坊主らしい。人間も動物もおれに寄生した虫けらみたいに見える。

おれはみんなに怒鳴った。

「よく聞け。おまえたちがぶら下がったり、引っ掛かったりしているこの木は、おれの五体だ。早くここから出て行ってくれ！　そこの蛇にヤギ、ニワトリにアヒル、犬に猫、カラスに人間もだ。重くて邪魔で仕方がねえ」

すると人間の男が困ったように言った。

「出て行くったって、何処へ行けばいいのだ」

何と。犬猫でも知っていることを、人間のしかも坊主が知らないとは吃驚(びっくり)だ。おれは子どもを諭すように言った。

「おい、空を見ろ。朝日が射して雲が浮かんでいる。気持ち良さそうな眺めじゃねえか。おまえたちはあそこへ行くんだ。今乗ってるその枝から、ただポーンと飛べばいい。何、簡単なことなんだ」

しかし若い坊主は首をかしげて、

「なぜわたしが空へ飛ばねばならんのだ」

くそっ。くそっ。くそっ！　おれは坊主の阿呆面を見て憤然と腹が立った。犬猫でもわかることが、なぜこいつにはわからんのだ。

「いいか、二度は言わない。おまえは死んだのだ。死んだら天に昇る。おまえらは、ゆうべの颪に飛ばされて逝っちまったんだ！　死んだら後はどうなるか？　おい、そのヤギ。言ってみろ」

おれが指さすと、ヤギが静かに答えた。

「はい。死ぬと消えてしまいます」

「その通り。おまえらは消えていくんだ。そして空に溶けてなくなる」

とおれは頷き（うなず）きながら言った。利口なヤギだ。しかし人間の坊主はわからないらしい。

「だが、わたしたちは消えていないぞ。死んだのに、生きてるままみたいじゃないか」

　こいつ本当に坊主だろうか。

「だから空へ飛べってんだ！　おれの木から飛び立てば、おまえらはみんな消えていくことができるんだ」

　坊主はそれを聞くと黙り込んだまま枝に硬直している。すると白いヤギが立ち上がって、

「あのう、それではわたしも心の整理が付きましたので、これから空へ参ります。みなさん、お先に。さようなら」

　言うなり、パッと空中に身をおどらせた。

「そんなら、わたしも」

「生前はお世話になりました。さようなら」

　アヒルと赤茶色の犬も、後を追って次々に飛んだ。三匹は風に乗ってひらっと四肢を広げると、凧（たこ）みたいに空へ昇った。と、みるまにその姿がかき消えて青い空だけが残る。

あとの奴は決心が付かず枝に残っている。

「おいおい。今朝はこれだけか？　仕方ねえなあ。みんな早く行ってくれ。わかってるだろ」

おれはビンボーな借家人を追い払う家主みたいに、残りの奴らを睨み付けた。


太陽が空の道をゆっくりと回る。その後をポプラの細長い影法師が追って行く。正午になると太陽はおれたちの天辺に止まって、火の粉みたいな光を振りまいた。

おれの枝に引っ掛かっていた奴らは、もうだいぶ数を減らしていた。さっき二本隣りの木にぶら下がっていた牛が、ぶじに飛んで行ったばかりだ。おれは牛みたいな大きな奴が空を飛ぶ様を久しぶりに見た。

それでまだ動かない人間の坊主に言った。

「どうだい、牛だって空に上がって行くじゃねえか。おまえもそろそろ決心したらどうだ」

「わたしは消えてしまいたくない。故郷の寺に帰ったら、お師匠様から位を上げてもらうはずだった」

「何で位が上がるんだ」

「修行してきたからだ」

だがその修行は身につかなかったのだ。

「そりゃ残念だったな。だがもう死んじまったんだから、仕方ない。素直に消えるんだな」

おれは西の彼方に続くゴビの泥の海を眺めた。どこまでも見渡せる。その先の大地と空がつなぎ合わさった辺りが世界の断崖で、そこでは沢山の星がガラガラ落ちていく星の墓場があるのだった。

おれは遙か東の雪をかぶった祁連(きれん)山脈に目を移した。あの山々の裏側でも星たちがガラガラと落ちている。神とか仏とかいうものも、こんなふうに高い所から世界の景色を見まわしているんじゃないかと思う。

それでもし悪い神がいたら、この世は狭くてちっぽけに思えて、握り潰してしまうかもしれない。もし慈悲深い仏がいたら涙を流すかもしれない。生きものの生死が手に取るように見えるからだ。

「ここは良い眺めだな」

と若い坊主が言った。

「ああ、おれたちはノッポだからな。何でも見える。世界のことはポプラに聞くがいい」

おれはちょっと誇らしく胸を反らした。すると坊主は我が身をかえりみるように、

「それに較べて人間は卑小だ。体も小さく命も短い。虫けらのような存在だ」

「そんなに卑下することはない。ポプラは図体こそ大きいが、これで寿命は短いんだ。人間は何年生きる?」

「長く生きて八、九十年くらいかな」

「だったらおれたちはずっと短い。七、八十年も生きることはできんのだ」

信じられないだろうが、ポプラは樹木の中では短命なのだ。理由の一つはノッポのせいで、大風で折れたり根こそぎ倒れたりする。樹高のわりに、根の張りが浅いからだ。

「それは知らなかった」

と若い坊主は言った。その二はポプラが火を呼びやすいからだ。パルプにもマッチ材にも適さないほど木理（きめ）が粗く、そのせいですぐ火が付いて燃えやすい。

「何だ。一つも良いところがないじゃないか」

若い坊主は呆れた顔をした。確かにわれながら情けない。世界のどこかで木はいつも燃えているのだ。木がある所に火はつきものだ。

落雷、地震。人間の火の不始末。

木は燃えやすく、火と火は手を結びやすい。山や野を赤い炎の舌でめらめらと焼く。そしてその大半の自然発火も含めて、ポプラほどあちこちで燃えている木はないのだった。

大方が植林であるから、並木といわず林といわず、ローソク形の細長い緑色の木は、紅蓮の火炎をまとって集団で燃え上がる。それでポプラの平均寿命は下がり続け、短命な人間よりもさらに早死にしてしまう。

「そんな役に立たない木を、人間はどうしてわざわざ植えるのだろう」

坊主が合点のいかない表情をした。

だが、それにもまた納得のいくわけがある。

「そのわけの一つは、ポプラの立ち姿の美しいことだ。真っ直ぐに天を刺すポールみたいだろう。垂直に立つものは美しい。それが緑色の木だと崇高なくらいだからな。もっともこれは、おれたち、北方系のポプラに限るがね」

南方原産の種類はずんぐりと太く、髪の毛のような枝葉をおどろとおどろに振り乱し、化け物じみているだけだ。

「なるほど」

若い坊主は珍しく、素直にうなずいた。

「わけの二つ目は、ポプラは風響樹ともいってな、葉ずれの音が玄妙な響きを奏でるんだ」

ほら、聴いてみろ、とおれは坊主に言った。緑の枝々を渺々と風が吹き抜けていく。おれの総身を包んだ乾いた葉々が擦れ合い、リンリンリンリンと鈴のような音を鳴らしている。

「この響きが人間の心に快感を起こさせるんだ。それにポプラはどんな弱い風にも震えるんだ。だから鳴り止むことがない」

素晴らしい、と若い坊主は涙を流した。

「何て妙なる響きだ。天上の読経のようだ」

その晩のことだった。

月が雲に隠れてまた強風が吹き出した。

気が付くと、蛇もニワトリも猫も姿を消していた。いつの間にか飛んで行ってしまったようだ。おれの枝に居残っているのは、もう人間の若い坊主だけだった。

風が唸(うな)りを上げ、おれの総身の枝々は気が狂うほど揺さぶられた。葉の読経が渦巻くように高くなる。

「ああ、ありがたい。わたしはこの経と共に死のう。もう死んでもいい。いよいよ消えていくときがきた」

若い坊主は涙を垂らし、合掌して枝の上に立った。ひときわ強い風がどうーっと吹き上げ、枝々が激しく擦れ、辺りに煙の臭いが立ちこめたとき、突然おれの目の前が真っ赤になった。

火だ！　紅蓮の炎がおれを包む。おれの総身は高い一本の火柱になって燃え上がった。

「ポプラよ、行こう！　一緒に飛ぼう」

と若い坊主が叫んだ。おれはうなずいた。こいつとは妙な縁だったが、一緒に死ぬとは思いもよらなかった。しかし、それもよかろう。この世は空空漠漠だ……。おれたちは火の粉の舞う夜空に身を投げた。目の前の坊主の姿がかき消えた。すぐ、おれの目の前にも、星の消えた虚空が広がった。

リラの娘

緑の屋敷、と呼ばれている家がある。

夏の間、その庭の奥は甘い馥郁（ふくいく）とした香りが立ちこめている。モクセイ科のリラの花が放つ格別の匂いだ。リラの木の植え込みと向かい合わせに、マロニエの大樹も生えていて、こっちの花からもとろけるような蜜の香りが立ちこめている。

庭の手入れをする人間の姿がたまにあるが、何しろ庭が広すぎるのでどこにいるかよくわからない。それに木の方も忙しく働いている。

ここの庭のリラの木は古くて、見上げるような背丈と大きな幹を持っていた。リラがそんな大樹になったのは、その枝々に数え切れないほど沢山の小さい手があるからだ。

枝先に生えた薄緑色の小さなぷつぷつ。その何百個という突起がリラの小さい手だ。リラの木はその手の上に君臨している。そういうと昔の専制君主のようであるが、実際その仕事ぶりを見ているとうなずける。

リラの小さい手たちは、リラの太い幹のことを『お母さん』と呼ぶ。娘たちは小枝の先に今年生まれてきた長女なのだ。長女たちは花や葉になるわけではない。来春、生まれてくる冬芽たちの保母であり子守りであり、養育係なのだった。

リラの長女たちはそのために枝の先に小さく、人知れず一番早く生まれ出て、ぷつぷつの小さな手で大働きをするのである。彼女たちはたとえばこの町で毎年おこなわれるリラ祭りの、神輿(みこし)の担ぎ手のようだ。エジプトのピラミッドの王や王妃を担ぐ奴隷のようでもある。

そしてリラの長女たちの手が万が一消えてしまうと、リラの大きな母は自分の重みで地に崩れ落ちてしまうだろう。だがその心配はない。健気なリラの姉たちは、みんな自分の手がなんのためにあるのかよく知っている。

人間の世界でも何でもそうだが、早く生まれてきた者は苦労が多い。リラの妹たちは姉の整えたベビーベッドに育ち、姉の手はガサガサに荒れるのだ。


秋のよく晴れた日。

彼女たちは妹たちの産着(うぶぎ)を点検する。何か一枚でも足りなかったら大変だ。枝に吊して、一枚、二枚、と数えてみる。赤ん坊は春の誕生まで小枝の先の、葉柄(ようへい)と枝がくっついたその隙間のところで育つのだ。

その間には雨や、雪や、北風、冷たい霧に包まれる日だってある。防寒具は必需品だ。

薄緑色の産着の上下。

柔らかなガーゼのよだれかけ。

毛糸のベビー帽と、ガーゼの手袋。ネルの靴下。そんな感じだ。

ふわふわの綿のベストと、カシミヤの襟巻き。おくるみ。

それから子羊の裏皮の暖かいハーフコートに、雨露をしのぐ防水コート。

芽吹きは年が終わった翌年春だから、半年後のための携行品はまだまだある。哺乳瓶に、小さなベビー布団に、揺り籠もいる。しかも赤ん坊は一人や二人ではない。一つの芽の中にはぎっしりと花の蕾を詰めねばならない。

冬芽には花の蕾だけを入れるのと、花と葉を両方混ぜて入れるのと、葉だけ何枚も入れるのとがある。大勢の花の蕾の赤ん坊と、葉っぱの赤ん坊を一つのサヤに詰めて、その旅支度(たびじたく)の荷造りをするには熟練の腕がいる。

リラの長女は小さな手で指さして確認する。

「えーと、めしべが、一、二、三本……と、おしべが一、二、三、四、五、六、七……、とこれでいいかしら。それから花びらが一、二、三、四、五、六と……」

用意の数が揃ったら、折り畳む。おしべとめしべを真ん中に折れないように束にして入れて、次は白い花びらの薄いビニールみたいなのをくっつかないように巻いていくのである。

春の芽吹きのときがきたら、皺になったり破れたりしないように、自然にほどけて広がっていくように包み込まねばならない。こないだ生まれたばかりのリラの姉に何という無理難題、試練なのだろう。

花びらの後には萼も忘れずに入れること。

花がすんだら葉っぱである。こっちはしべがないので荷造りはだいぶ簡単だ。それでも花びらより面積が広いので、折り畳み方を間違えると開くとき破れる。

リラの姉たちはあっちの枝、こっちの枝にまたがって、緑色の柔らかなまだ葉っぱとも見えない薄布を、膝の上に広げて黙々と折り畳んでいる。

まず卵形の葉っぱを横二つ折りにする。それを葉の頭の方からギザギザに細く山折りしていくのだ。それをまた開いて今度は裏返し、再びギザギザに山折りにする。次はちょっと難しい。それを葉の全形に開いて、サヤの中に収納しやすい三角形の山折りにしていくのだ。

折り損なったら、やり直し。

秋の日は釣瓶(つるべ)落(お)としに暮れてゆくから、姉たちは急がねばならない。次つぎと折り上がった小さな三角形の葉を、冬芽のサヤの中に入れ込んでいく。何という働き者の娘たちだ。何も考えない。彼女たちの手が思想である。

もしリラの娘たちの手がなかったら、母親の木はまる裸のままだ。木は太陽からエネルギーを取り込む発電所のようなものだから、葉のない木は食料を断たれた動物と同じで、餓死してゆくしかない。

赤ん坊の支度をする娘たちは、冬芽の一番最初に生えてくる葉だ。けれどそれは分厚くてガサガサして鱗(うろこ)のようだ。葉とはだいぶ違う。生まれるとすぐ彼女たちは山ほど仕事をしなければならないので、リラの母親は娘の姿かたちのことなど念頭になかったのだ。
働き者の農婦みたいな姿である。

リラの長女が赤ん坊の旅支度をする間に、農婦の二人が生まれてくる。冬を越す芽を守るには、何枚も鱗のような分厚い葉の鎧(よろい)がいるからだ。二枚目、三枚目、四枚目と妹たちが生まれてくる。だが彼女たちはその順番に少しずつ柔らかい鱗になる。葉っぱに近くなる。

長女はその妹たちの鱗で、赤ん坊の蕾や葉のサヤを綴じ合わせる。鱗の継ぎ目から雪や雨の水気が染み込まないように、綴じ合わせた隙間を樹脂のパテで塗り固める。あちこちの木の上で、彼女たちの手はおむすびを丸めるようだ。一心にころころ、ころころ、とおむすびを握っている。そして固いしっかりしたおむすびが出来上がると、姉たちは自分がその一番外側になる。

用意万端ととのって戸締まりをしたサヤの外で、リラの長女は虫が襲ってこないよう見張っている。すると灰色の何か丸っこい動くものがいた。リラの幹を走っていく。

栗鼠（りす）かと思うと一羽の鳥だった。

スズメの仲間のキバシリだ。リラの幹は灰色で桜に似た横筋が入っている。キバシリの羽根もよく似ている。もっと美しい羽根が欲しかろうとリラの姉は気の毒になる。けれどこれがカモフラージュというものだ。

鳥の目がこっちを見ている。地味だけど賢そうな目をしている。この鳥の目には、あたしのことはどんなふうに映っているのだろうと娘は考えた。

蕾でも花でもない。葉っぱでさえないあたし。

動物という生きものはいいわ。一匹だけで生きているから、ハッキリしてわかりやすい。そこへいくと植物はどこまでが一つの体なのか、曖昧（あいまい）でわかりにくい。

お母さんがいる。その中に、あたしがいる。妹たちがいる。何千、何万の妹たちがいる。赤ん坊がいる。地中に根を張った弟たちまで数えたら、もうお母さんは巨大な化け物だ。

でもお母さんはすべてのあたしたち子どもを育てている。あたしたちもお母さんを生かしている。

「ちょっとキバシリさん」

リラの姉は呼んでみたが聞こえないらしい。無理もない。

もしあたしがこのサヤの中の赤ん坊の、蕾の一輪だったらと思う。やがて花が開いたらあたしの花の中に飛び込んで、あたしの花粉まみれになって、そして交配というものをさせてくれるだろうか。

リラの姉はキバシリとのセックスをふと思った。彼女はただ一枚の鱗片だったが、そのことを思うと身がぼうっと温かくなった。

キバシリは自分の役目に気が付かないようで、すぐツツツーと小走りに幹を登り、ついと飛んで行った。


秋も深まると霧のような冷たい雨が降る。

リラの長女は妹たちを鱗の皮で守りながら、しとど雨に濡れていた。落葉の進んだお母さんの体は、今は上の方、梢（こずえ）の方まで見通せた。

それでなくても秋は物を思わせる。リラの姉は頬（ほお）に小さな雫（しずく）を垂らしながら梢を見上げた。

「お母さんはどうしてこんなに大きくなったんだろう」

そのことを考えると彼女は眩暈(めまい)がすることがある。

「どうしてお母さんはこんなに、偉大な、世界そのものなんだろう。お母さんは世界の全体で、あたしはちっぽけな一本の手ね」

そうやってリラの母親は生き続けるのだ。

彼女は、リラの娘は、それから自分の命のことを考える。

来年の春になると何千、何万の妹たちが一斉に生まれる。

そのとき自分はどうなるのだろう。

今年生えたばかりの娘にはわからない。


冬になるとリラのお母さんは眠り込んだ。

冬芽たちも母親にならった。

ときどき飢えた鳥が飛んできて、その冬芽をかじって食べた。リラの長女はその悲鳴を夢の中で聞いた。最初に鳥の嘴（くちばし）に突き刺されるのは彼女の朋輩、冬芽の長女たちである。それから二番目の妹、三番目の妹の順に食われていって、中の柔らかいほろほろした赤ん坊が鳥の舌に吸われる。

夢の中でリラの長女は眠り続ける。幸い鳥に襲われることもなかった。この世は幸福と不幸が隣り合わせだ。彼女のサヤは生き延びる。たいして意味はない。そんなものだ。彼女は夢の中で柔らかな赤ん坊の体になる。やわやわとしてとてもいい気持ちだ。固い鱗の皮とは大違いだ。

春の光が射して、木の芽の皮がほころびる。鱗の隙間のパテが溶けて彼女は深呼吸をする。それから真っ青な空へ身を躍らせる。柔らかな土にジャンプした。土は綿のように暖かくふわふわして、彼女はその中で白く光る露のような芽を出した。

あたしは生きる。

彼女は数えた。一年。二年。三年。もっと、もっと。

サヤのパテが本当に溶け始めた。

春がきたのだ。空はもうお湯のように温かい。

リラの姉はハッと目を覚ました。

サヤの内側から何かが押してくる。むっくりむっくりと何か動き始めている。もう命じられなくても中にいる妹たちが、自分の仕事を始めたのだ。姉の仕事は今は何も残っていない。

サヤの一番中心にいる妹の体がゆるんで、ほどけていく。あんなにきっちりと折り畳んだのに。リラの長女は腹の中から突き上げられて、呻いた。

何枚もの妹たちが、彼女が秋の日に一心に折り畳んだ妹たちが、今はその順番に身を膨らませて、強い力で彼女を押し上げてくるのだ。

リラの長女の鱗の皮は固くて、雨や雪、風に汚れ傷ついた体を反らせると、小枝の先から一枚ずつ剝がれて舞い落ちていった。

落ちるときも長女が真っ先だった。

枝の先には光の子どものような、朝露の雫をのせた新芽が一つ生まれていた。まるで小さな一粒の神のように。

そして春の庭は光に染まっていった。

※このけなげなリラの姉の物語は『ファーブル植物記』の「芽の衣装」より
イメージを受けて生まれた。

さすらう松

ロシアの大地は皿のように丸い。どこまでも三百六十度見渡せる。空も大地も円盤みたいに広がって眠っている。行けども行けども音のない世界がえんえんと続いている。

冬がくると空から大きな瞼が下りてきて、大地と空を綴じ付けてしまう。ヤクーツクの白い土の下では、熊や鹿や小動物たちがぐっすりと夢の穴に潜り込む。

今は秋だ。黄葉の深まっていく高原を、おれたちは歩き続けている。ザワザワと根を引きずる音、葉の落ちた枝が触れ合う音が立つ。おれたちはシベリアのカラマツだ。仲間たちと林をなして一帯を歩き続けている。

この季節、生きものはみな冬支度に忙しい。リスは気が狂ったように木の実を喰い続け、熊は凍り始めた川で鮭を叩いてぶち殺し、かぶりついている。だが、おれたちに行き先があるわけじゃない。とくにアテもないのだった。

カラマツは晩秋になると黄葉し、それから葉を落としていく。極東のカラマツは幹の直径は太くても三、四十センチほどで、樹高もせいぜい二十メートルくらいだ。何しろこの寒さだから育たないんだ。

おれたちは小規模の林をなして、中央シベリア高原を目的もなしにザワザワと移動している。そうだな、二、三百本くらいの仲間と一緒だ。松の木が歩くなんて信じられないだろう。だが、おれたちは歩くんだぜ。

なぜ木が歩くかって？

そんならなぜ熊は歩くんだ。なぜ熊や、鹿や、人間は、じっとしていないんだ？ カラマツだって動き出したくなるさ。気分によるんだ。ふと漂泊の思いに心が動かされることがあるんだな。旅心というやつだ。地面に下ろした根を引き上げて、何処かへ行きたくなる。見渡す限りのこの広大な天地じゃないか。ザワザワしたくなるのさ。

杉や白樺の木もここにはあるが、こいつらは歩かない。歩く姿を見たことがない。従順で温和しい性質なんだろうな。それにこいつらに歩く姿は似合わない。昔から世界中で松の仲間が歩いたとか、立ち上がったなんていう話は一杯ある。

それは実際、本当のことなんだ。見ろよ。おれたちのこの格好なんか、いかにも歩きそうだろう。だけど杉や白樺はそうは見えない。あいつらはただ固まって立ち続ける木なんだ。歩こうなんて思いもしない。おれたちは何処かへ行きたい。一ヶ所に根を生やして立ってると、胸が焦げてくるんだ。せつなくてな。

北へ行くとツンドラの永久凍土だ。大地がカチンカチンに凍っている。そこには大勢の仲間がいる。だからタイガの方向へ足が向いちまうんだ。タイガというのは、シベリアの広大な落葉針葉樹林のことだ。カラマツの王国でな、何千平方キロもカラマツ樹林が広がっている。

むろんカラマツのすべてが歩くわけじゃない。タイガに生えたカラマツたちは動かない。何かこう腰が据わっているんだ。ずっしりと根を下ろしている。たいした眺めだ。そういう仲間の木に会ってみたくもなるんだ。

タイガを埋め尽くしたカラマツ林の黄葉は美しい。息を呑むくらいだ。葉を落としていくカラマツ林もいいもんだ。林の底まで極北のうら寂しい日光が射し込んで、意外とカラリと乾いて明るい。そこに寂寞（せきばく）の空気がしんしんと流れている。夏の間うるさかったシベリア名物の蚊の大群も、小さな動物や虫たちも姿を消している。

カラマツだって歩き続けていると、気持ちが良くなって何だか酔ってくるみたいだ。

木にもアドレナリンというやつが出ているかもしれない。

　生きものだからな。みんな。


　ごくたまに、こっちへやってくる木と行き会うことがある。遠い地平線に揺れるような黒いものが見えてくるんだ。やがて向こうからもカラマツたちがザワザワと歩いてくる。人間なら靴の音がザクザク響くが、カラマツは地を掃くような音がするだけだ。互いにすれ違いながら、やあ、と声を掛け合う。

「ズドラースチ！」

　おれたちは一斉に片手を上げる。

「ズドラースチ！」

　向こうも挨拶を返すんだ。

「フシボー　ハローシェゴ」

　すべての良いことがあるように……。

　まあそういう意味だ。

そうして互いにゆっくりと離れて行く。次に会うのは何十年後だろう。いや、この広さでは再会することは奇跡みたいなものだ。

たまに人間たちにも行き会う。

地元の漁師や木樵(きこり)たちだ。彼らは十人ずつくらいで移動している。遠くにその黒い影法師を見つけると、おれたちは一斉に足を止める。カラマツが歩いている姿を見られては大変だ。元の動かない木になりすます。

人間たちが近づいてきて、こっちを眺め首をかしげる。おれたちは慌(あわ)てて、ぶざまに片足を上げかけたやつや、手を振りかけて固まっているやつがいる。

「こんなところに林があったかな」

「林が何処からかやってくるわけはあるめえ」

人間は笑いながら去って行く。

地元の人間じゃない者たちとも出会った。

そいつらは異様な人間の行列だ。重そうな汚れて足のはみ出た靴を履いていた。その靴もぼろぼろの服も揃いのようだ。痩せこけて今にも倒れそうな足取りの、幽霊みたいな一行だった。

今じゃない。六、七十年くらいも前だ。

いったい何処からきたんだろう。

彼らは重苦しい黒い塊みたいだった。同じ服に同じ靴を履いていたから、よけい塊に見えたんだろう。おれたちの知らない遠い国から、地を這うように流れ着いた、もう人間じゃなくなって、苦痛や呻き、悲しみや絶望なんてものがぞろぞろとつながったひと塊みたいだった。

だがそんな行列に会ったのは一度だけだ。それきり二度とは見ない。みんな死んじまったんだろう。やがて白い刃のような冬がやってくる前だったからな。

タイガに冬の気配がみしりみしりと迫ってきた。頰袋一杯に木の実をくわえたリスも、毎日川で鮭をぶちのめしていた熊も、鹿も、冬ごもりの巣へ入って行った。

バイカル湖は岸の方からさざ波の皺のまま、氷へと変わっていく。世界一の大きな湖の冬支度は奇跡のようだ。バイカル湖は海だ。よそへ行ったことのない動物たちには海なんだ。それが何十日もかけて凍りついていき、白い大きな大地が生まれる。神様が冬に作る素晴らしく大きな広場だ。

おれたちはレナ川に沿って上流へ向かい、三々五々、みんなで休憩したり、また思い出したように歩き出したりしながら進んだ。

シベリアの日没は、太陽が地平線に沈むかと見える寸前で止まってしまう。もうちょっとというところで宙に浮いて、荘厳な光を放ち続けている。夜の幕は少し開いたままだ。

「うるさいわね」

リスが木の洞（ほら）の巣から顔を出した。

「こんな夜中に誰が外をうろついてるの！」

リスにとってシベリアの冬は真夜中だ。

リスの夫も寝ぼけまなこで出てくる。

「おいおい。静かにしろよ。眠れやしねえ」

白樺林の小さな住人たちから苦情が出ると、白樺たちも眠そうに眼を開けた。

「やれやれ、あなた方はどうしてそんなに落ち着かないんですか。ものみな眠るこのタイガの深い懐で、あなた方だけはむずかる赤子のように彷徨い続ける。心の落ち着かぬ何かわけでもあるんですか」

わけと言われても返答に困る。

むずかる赤子か。その言い方がおかしくて苦笑した。とにかくおれたちは眠れない木なのである。いつも胸の奥で何か燻っている小さな火がある。

白樺たちは白い幹を寄せ合って立っていた。何百本もの白蛇がゆらゆら立ち上がっているようだ。

「とにかくカラマツさん。あなた方はここでもう静かに眠りにつくか、それが出来ないなら早く立ち去ってください。わたしたちの眼が本当に醒めてしまう前に」

おれたちは話し合いを始めた。そこで、いい案配に眠くなったのでこの林に紛れ込んで寝よう、と言う者と、やはり歩き続けると気炎を上げる者と、二手に分かれた。

半分以上のカラマツが残る組に手を挙げた。おれはこのまま歩く組に入った。おれたちは双方手を振って別れた。

「パカ」

「パカ」

じゃあな。

白い原野に雪が降り続いていた。

おれたちは雪の野に足を踏み出すと、人数の減った分だけ気持ちが通い合うようだった。なぜ歩くのかは解せないが、何処か一つの方向へ仲間の心が動いて行く。落ちかかった夕日の玉が、背の高いヨーロッパ杉の林の底に遮(さえぎ)られると、雪原は急に薄青く沈んだ。

ザワザワ、ザワザワと歩いて行くと、途中でボトリ、またボトリと倒れるやつが出てきた。無理もない。冬眠中でも木は根から養分を吸い上げねばならなかった。栄養失調で命を落としかねない。

「しっかりしろ」

とそばに寄って倒れたやつをかき抱くと、

「おれのことは放って行ってくれ」

と虫の息で言う。はるばるとここまで一緒に来た友を何で置いて行けるものか。思わずおれの眼からハラハラと涙が垂れた。やがてぐったりと息絶えた友を雪の中に残し、また進んで行く。

「おい。後ろから仲間がくるぞ」

そのとき誰かが振り返って叫んだ。

なるほど後方の雪原を見ると、こっちへザワザワと進んでくる木の影が見えた。カラマツの影に違いない。

「イチ、ニ、イチ、ニ……」

遠い掛け声に合わせて影は少しずつ近づいてくる。おれたちが出迎えると、彼らはよろめきながら雪を踏んできた。

「ズドラースチ」

と声を掛けて手を差し伸べると、やつらは見向きもしなかった。そのままザワザワと行くのである。

「おうーい。止まれ。お前らはどこからきたんだ！」

おれたちは叫んだが、やつらは答えなかった。

イチ、ニ、イチ、ニ、と行進し続ける。

おれたちは後を追った。ヨーロッパ杉の林から夕日の影が外れて、血まみれのナイフみたいな赤い陽光が射した。

不意に掛け声が止んで、やつらは歩みを止めた。彼らは夕日を背にして長い腰を不器用に折ると、白い大地に座り込んだ。

「キュウージョー、ヨーハイー！」

高い掛け声が流れた。声に合わせてみんなの影が地にぬかずいて礼拝を始めたのだ。カラマツの木たちは枝葉をキシキシとすり合わせて合掌した。おれは突っ立っていた。

その声はどこかで聞いたことがある。

宮城ー、遙拝ー！

おれの脳裏に、枝振りの良い松の木越しに白壁の城と、松の木に囲まれた濠端（ほりばた）の二重橋が浮かんだ。それがどこの風景だったのか思い出せないが、激しい郷愁に胸の奥がじりじりとまた焼けてくる。

「キュウージョー、ヨーハイー！」

おれたちも、それにうながされるように一本、また一本と跪いた。

宮城――、遙拝――！

雪はだんだん激しくなって視界は白い絣模様にかき消された。

逢いに来る男

あたしはシマサルスベリっていうの。

普通のサルスベリは幹が灰色っぽい黄色だけど、あたしの幹は眼の覚めるような真紅色がまだらに入って、こんなに華やか。たぶん木の中で一番美しい樹皮よ。だから遠くまでひと目を引くの。

もとはあたしたち亜熱帯の生まれだけど、最近は町の公園とかに植えられてる。寒さや潮風にもけっこう強いので、あたしはこの港町の閑静な公園に植樹されたの。静かよ。ときどき外国船の汽笛が聞こえる。昼は近くのオフィスの商社マンたちが、昼食の帰りにここを散策したりするの。みんなあたしを見上げるわ。

春の終わりから秋まで、あたしは白い小さな花を溢れるほどつける。小花が房になって、遠くから見るとふわふわのリボンみたいに見える。

周囲のクスの木やケヤキ、トチの木たちは、大きな木陰に昼も薄暗がりを抱えて眠っている。夕暮れになると公園は人の影が途絶えて、鳥やリスたちがそろそろ寝支度（ねじたく）を始めるわ。

毎日、男が一人ここへやって来るのはそんな時刻だったわ。彼はね、あたしに逢いに来るの。白のワイシャツに地味なだぼだぼの紺のズボンをはいて。鉢の大きな才槌(さいづち)頭(あたま)の毛を短く刈り込んで、冴えない人物だけど。

　この国の人間とは違うみたい。アジア系の若い男よ。だいたい夕暮れに木を見に来るなんて人間は、多少変わっているわね。日曜日に妻と買い物に行ったり、野球を観に行くような男じゃない。外国人だから、ノスタルジックになってるかもしれないわね。

　こういう男は木のそばに近寄ると、まず何気なさそうに手を伸ばして幹に触れたりするのよ。ええ、あたしたちの体に触れたいのよ。わかってるわ。

　そのうち少し慣れてくると、もたれかかったりする。それからまた幹をなでてみる。溜息をついたりもする。何日かそうやっているうちに、だいぶあたしと友達気分になって、

「やあ」

　なんて片手を上げながら歩いて来るようになるのよ。

「昨日は一日忙しくてね」

ある日、男がそう言ったので、あたしは吃驚した。

とうとう彼はシマサルスベリに物を言い始めたのよ。彼の言葉はどこの国のかはわからなかったけど、何を言ってるのかは理解できたの。気持ちがしみ込んでくるからよ。

「今日はちょっと暇ができたんだ」

あたしはべつに彼を待っているわけじゃないのに……。

昼の間あたしは公園の向こうの海を眺めて過ごす。港には形も大きさも違う外国船が出入りする。旗がなびいてね、船が風を切って進むのがわかる。

見えない吃水線の下では船の下半分が、水中を相当の速力で走っているわ。あたしはその波の下に隠れた船体のことを頭に描いていると、何だか自分が忘れ物をしているような気になってくるの。

でも思い出せないのよね。

海の光。ここよりもっと眩しい光。

椰子の木が立ち並んでいる港。

点々と浮かんでいる船。

それは昔の白い帆船で人間が数人乗っている……。

そんな眺めが浮かんでくるの。むろん起きているときは忘れている。こういうのを何て言えばいいかしら。ほらＤＮＡっていうのがあるじゃない。あれかしら。あたしたちシマサルスベリの長い遺伝子の記憶が、漂い出てくるみたいなの。

「やあ」

ってまた、男が手を上げてやって来た。

「昨日も忙しかったんだ」

と彼は勝手に謝っている。それからあたしのすべすべした赤いまだらの幹をそっとなでて、

「触ってもいいかな？」

真面目な男のようだった。

「おれの言うこと、わかるかい？」

もちろん、とあたしも答えた。もちろん、あたしたちシマサルスベリの木の声でね。

彼はそっと耳を傾けると、すぐ理解したようにうなずいたわ。

公園はまだ少し明るかったの。初夏の日没はもっとずっと後のことよ。彼は才槌頭をちょっと傾けてあたしを見る。

「君にはね、おれの姿がどんなふうに見える？　人間？　それとも木？　それともその中間？」

あんまり真面目に尋ねるので、あたしは思わず笑ってしまったわ。

「人間よ」

彼はあきらかにがっかりしたふうだった。

だって人間が木に見えたらおかしいじゃないの。そしてまた人間と木の中間だったら、これもまただいぶ怖い姿じゃないかしら。

彼は意を決したように言ったの。

「じつはおれ、昔、木だったことがあるんだ」

あたしは黙っていた……。

「それで君のことも知っているんだ」

やれやれ、とあたしは思う。

「それって気のせいじゃない？」

気のせい、気の迷いというものよ。

「おれは真面目に話してるんだ」

そう言われると、そんな彼の朴訥（ぼくとつ）さが、そこらへんに生えてる木に似てるような感じもするの。

「へえ、それで何の木だったの」

とあたしは聞いた。

「フェニックス」

彼は学校で指された男の子みたいに答えたわ。

なるほど。あたしは眼をまたたいた。

直立した高い木の天辺（てっぺん）に、大きな長い羽毛状の葉を振り立てて、バサリバサリと揺れている木が見えてきたわ。フェニックス！　彼は短足短軀の体格で少しも似てないけど、外見に眼をつむると、不思議に通じるところがある気がしてくる。彼のいかにも平和で暢気そうな、緑の羽毛に似た葉が王冠のように彼の頭に載っている。

あたしの眼にはそんなふうに映った。

「そうは見えないだろうね？」

と彼は自信なさそうに聞いた。

「そんな感じがするかもしれない」

「ほんと！」

「ええ。真っ直ぐ正しく立ってるような感じ。フェニックスってそんな木じゃない？

船のマストみたいに」

彼は白いワイシャツが清潔な男よ。

「ふうん、船のマストみたいにね」

彼の声が高く明るくなった。

「海を見下ろす丘に立っていたんだ。おれ」

ずっと昔のことだけど、と彼はつぶやいたの。

「君と一緒に」

「えっ。そんならあたしもフェニックスだったの？」

「そうだよ。ぼくたちはどんな木よりも高くて、遮るもののない空の日光を存分に浴びて二本で立っていたんだ」

フェニックスは病害虫に強く長寿だったから、不死鳥の木って言われてるのよ。その死なない木がいつ死んでしまったのかしらね、二本そろって。

「嵐のせいだよ。台風が襲ったんだ」

彼の話によると、あたしたちは長い弓のように空中にキリキリと撓んだのよ。緑色の長いたてがみの葉っぱは、吹き飛ばされて空の彼方に矢のように飛び去った。

ああ、その光景が見えるようだわ。

「嘆かないで。お願いだから」

彼が言った。そうしてあたしのすべすべの幹をなでた。するとあたしの枝の上で花房がほろほろ崩れて、白い雪みたいに彼の上に降り注いだわ。

あたしはくっくっくっ……と思わず笑ってしまった。

あたしたちシマサルスベリはね、人間に優しく話しかけられたり、触られたりすると、くすぐったくなる性質があるの。見て、こんなに肌がすべすべだから、何でも敏感に感じてしまうのよ。人の声や息づかい、指でなでられるともうたまらないの。だから大昔、唐の長安って都では『痒痒樹（ようようじゅ）』って呼ばれていたのよ。

「そうか。おれと死に別れた後、君はこんなに美しい木に生まれ変わったんだね」

彼はあたしの艶（つや）やかな赤い肌をなでたわ。あたしはくっくっくっと笑った。

「おれは君の足元の一匹の虫だ」

「一人の人間でしょ」

「有り難う。そう見えるかい？」

「だって木にも虫にも見えないわ」

あたしは彼の頭に白い花を振りかけてやったわ。

その花が宵闇に沈んで、見えなくなってしまう頃、彼は公園を後にして帰って行く。

あたしはそれから眠るのよ。夢の中に潜り込む。そうしてぐんぐん背を伸ばし、ぎらぎら光る南国の空にマストみたいに立ってる一本のフェニックスになるの。何ていうか、木にはその木なりの気分があるんだろうけど、フェニックスになると、すがすがしい気持ちになるのよ。

シマサルスベリの木はね、贅沢な気分なの。花飾りを一杯付けた豪華な女の帽子。それも悪くはないけど重たいの。だから夢の中でフェニックスになるのは悪い気分じゃなかったわ。


夏の夕暮れは公園に海風が吹き渡る。

あたしの全身は白い花で満開だったわ。

ある夕方いつものように彼がやってきた。その日の彼は暗い顔して、心に何か重いものを抱えているようだったの。

「この花は明日はもう散っているんだね」

と彼はあたしの腕の花房を見て言った。

「そうよ。シマサルスベリの小花は一日きりよ。でも次の花がもう横で開く準備をしてるわ」

「花がみんな散ってしまうのはいつ?」

「秋の半ばね」

「おれはもう国に帰ることになった」

と突然彼は言ったのよ。

仕事やり損なったんでね、腕の良い交代が来たんだ。

彼は頭をぐらぐら振る。毎日、夕暮れに公園に通っていたら、そんなことになるだろう。あたしのせいだ。

「明後日、船が出る」

「もう二本のフェニックスは逢えなくなるの？」

「来年もう一度来られるよう、頑張ってみるよ」

彼の白いワイシャツの襟は、いつの間にか垢じみていたわ。

白い大きな船が出て行く朝、船のデッキに立って大勢の人間たちが手を振っていた。

美しいリボンのようなテープが桟橋と船の間に渡っていたわ。

彼があたしに手を振っているのが見えたわ。

待って！

あたしははるか遠い彼の小さな姿へ思い切り手を差し伸ばしたわ。するとは体がふわりと宙に浮いた。あたしの体は透き通っていたの。そしてあたしは夢のように駈け出していたわ。

宙じゃないの、地面を踏んで。

あたしの二本の足が走ってたわ。あたしの元のシマサルスベリの木は、そのまま立っていたわ。あたしは公園を飛び出し桟橋めがけて走る。走る。走る。

あたしの喉から叫び声が出た！

そうよ、あたしの姿は人間の女になっていた。

「ウォーアイニー。ウォーブーヤオニーリーカイウォー！」

あたしの口から不思議な言葉が流れ出たわ。

我愛你　我不要你離開我。

あなた。あなた。あなた。

あたしは走りながら気がついた。

あたしたちは、かつて人間だった！

みちのくの仏たち

休館日の昼下がりは、みんなうとうとしている。照明の消えた展示室の窓から冬の弱い日射しが射し込んで、おれたちの上にうっすらと降り積んだ埃を浮き上がらせる。展示品といったって、鍵の掛かるガラスケースに入れられるほどの大したものじゃない。

みんな気持ち良さそうに微睡んでいる。

おれは仲間の寝姿を眺めながら、ときどき思うことがある。たとえば向こうの展示台に置かれた、カヤの木の古い碁盤。ここの展示物の中ではたぶんこいつが一番の値打ち物だろう。

カヤの原木から切り出した材は、柾目がどの方向から見ても通っている。それを自然乾燥させるためには厚さ五寸の盤なら五年ほど、六寸なら六年余も置いてそれからようやく作り始める。一千万円を超す碁盤もざらにある。ここのはそこまでの名盤じゃないが、時代があって四、五百万くらいの値打ちはあるらしい。噂だけどな……。

しかし碁盤というのは、カヤの木の本当の姿じゃない。カヤの本当の姿というのは、生地は宮崎県日向の山中に生えていた木だ。雨が少ない土地で寒暖の差が激しい。おかげで見事な木目が出ている。つまり碁盤になる前の見事な木目、色艶のある材こそがカヤのカヤたる姿なんだ。

東北の町立民芸館の片隅で、カヤの碁盤はうつらうつらと居眠りしながら、自分を何だって感じているんだろうか。夢がわが身の記憶を引き出すものなら、碁盤はもう碁盤になってからの夢しか見ないんだろうか。それとも百年も二百年もかかってやっと成長した、山に生えていた頃のカヤの思い出を見るのか。

「おうーい」

「おうーいったら」

建物の外から妙な呼び声が流れてくる。

この民芸館の表は林を貫通する県道に面して、建物の裏手は古い寺の墓地になっている。墓石の間には秋の彼岸に立てられた白木の卒塔婆（そとば）が一杯並んでいる。声はその卒塔婆から響いてくるんだ。

といっても墓の中の死人が呼んでるわけじゃない。卒塔婆は大抵がモミの木で作られるからな、そのモミの野郎が呼んでいるんだ。秋の彼岸はつい半月前だったから、モミの木はみんな卒塔婆に成り立てだ。墓場の新入りてやつだ。

それで彼岸の頃の墓場は落ち着かなくて、ガヤガヤとうるさいんだ。こいつらが毎晩、墓場で見る夢はどんなものかと、おれは思う。黄緑色の雄花が揺れる夢なんか見てるんだろうか。それならいいが、ついこないだ村の製材所で切られたときの、でっかいチェーンソーに巻き込まれたときの怖ろしい夢じゃないか。

製材所ではいつもおれたちの仲間の悲鳴が流れているんだ。あれは阿鼻叫喚の木の地獄だな。

このおれの見る夢か？

おれはさっきまで、もやもやした温かい湯気の立つ夢を見ていた。ときどき天井のフタが開いて、大きな木のシャモジが上から差し込まれ、湯気の立つふんわりした飯が掬（すく）い上げられる。おれは飯櫃（めしびつ）になった、曲げわっぱのスギの木だ。

もとは太いスギの木だったが、薄板になって曲げわっぱに加工された。おれ一本から飯櫃や弁当箱やシャモジやぐい飲みが生まれた。しかしそのほとんどは使い古されていつの間にか消えていった。

民芸館でおれだけが生き残って、温かい飯を抱いている夢を見る。もうこの頃は山に生えていた頃の記憶も薄れて、お膳の上に並べられた貧しい麦飯や、おかずのアジの干物や味噌汁や白菜の漬け物の夢ばっかりが出る。

雪国の過ぎ去った昔の夢だ。


この部屋は木工品の展示室だ。

ずいぶん古い奴らも並んでいるが、百年以上も昔の古物になると、みんな耄碌（もうろく）して眠りこけている。呆けているんだか、死んでいるんだか一見わからないくらいだが、たまに鼾（いびき）が聞こえるので息だけはしているようだ。

だいたい木は育つのに何十年、生き続けるのも何十年、死んで枯れてしまうまでにも何十年もかかるんで、まあ半分不滅の生物と言ってもいいだろう。呆けるのも無理はない。

カヤの碁盤の横には、どっしりとしたクワの小簞笥が置いてある。見事な年輪が雲のようにむらむらと浮き出て、年代を経た艶が照り輝いている。カヤの碁盤といい、このクワの小簞笥といい、展示室の重鎮だ。こいつは大庄屋の屋敷の主人の部屋に据えられていたんだろう。

クワの小箪笥もそろそろ呆けが入ってきて、鼾をかいているかと思うと急に眼を覚まし、会津藩が落城したときの騒動なんか、しゃべり出す。明治維新の戦争のときは、この辺りは悲惨だったからな。

その小箪笥の上には、木工の小物類が並んでいる。

ツゲの櫛がずらっと揃って置いてある。女の髪の毛を梳いたツゲの櫛はどれも黒光りしている。昔の女は、男もそうであるが、めったに髪を洗うことはなかったから、梳き櫛は必需品だった。目の細かい梳き櫛で髪を梳くと、毛は洗ったようにさらりとなる。櫛の目には虱がはさまっていたりもする。櫛は虱退治の道具でもあるんだ。

ツゲの梳き櫛はたまにクックックッと居眠りしながら笑う。

「女がな、髷を解いて、長い髪の毛をだらりと垂らしたんだよ。おれはその真っ黒い、太い生きものみたいな髪の毛の中にグッグッグーと入っていったんだ」

「へえ。ゾクゾクするような夢だな」

碁盤が羨ましそうに言う。碁盤はその用途上、人間の女をろくに知らないままなのだ。

「女が髪を梳くと、頭の天辺にぱっくりと禿げが現れるんだ。ちょうど小皿をかぶせたように丸く禿げているんだ」

「禿げ？」

「昔の女は髷を結うので、頭の天辺だけ攣れて禿げるんだ。美人の女房も、婆さんも、みんなツルッ禿げになる！」

　その黒髪や白髪の頭がずらりと並んでいる夢を見る。

「男の禿げと違って、女の禿げはおかしくもあるが怖ろしい感じもするんだよな」

　ツゲの櫛はまばらに抜けた歯の隙間から溜息を漏らした。

「水汲み、野良仕事から始まる北国の女の暮らしはきつかったからな、その合間に子を産んで、育てて、中にはせっかく孕んだ子を間引いたこともあるかもしれん。嫁姑の諍いに、何年に一回かは必ず襲ってくる飢饉。女の脳天の禿げにはそんな苦労がしみ込んでいるんだなあ……」

　ツゲの櫛の話はずっしりと重い。

彼岸が過ぎ初冬に入ったある日、民芸館に新しい展示物が運び込まれてきた。職員の爺さんと事務員の娘が梱包を開くと、中から出てきたのは片腕のもげた地蔵だった。幼い子どもくらいの背丈はある。

「こりゃ汚い地蔵菩薩じゃ」

爺さんも事務員の娘も、埃を吸って咳き込んだ。

「御利益どころか、病気になるぞ」

爺さんがそばを離れる。二人は顔を見合わせた。

そもそも値打ちのある信仰の対象物なら、お寺やしかるべき博物館にいくべきで、こんな田舎の民芸館に置いておくものではあるまい。この汚れ果てた地蔵はどこか山の廃寺の納屋に転がっていたとかで、引き取り手もなくここへ担ぎ込まれたようだった。

館長が出張中でとりあえず木工品の部屋に置くことになり、部屋の一番奥に立てられた。そして埃を拭き取るかと思いきや、爺さんと事務員の娘は口を手で押さえて、さっさと事務室へ戻って行った。

おれたちは黙って、この世の漂流物のような地蔵を眺めた。片手はたぶん礼拝の形をしていたのが折れたようで、もう片手は宝珠らしい玉飾りの杖を突いている。落ちぶれても慈悲を湛(たた)えたかのようなその格好が、おれをクスリと笑わせた。しかしこいつは何の木でできているんだろう。

「おい。おまえはクスか？　それともヒノキの仏像か」

おれが声を掛けると、

「わしは地蔵菩薩じゃ」

と勿体(もったい)ぶった声が返ってきた。

「ひゃあ。まいるぜ、こいつは」

とクワの小箪笥が言った。

「地蔵さんとやら。ここは民芸館の木の展示室でな。おれたちはみんな元は山の木だった。地蔵も箪笥も飯櫃もない。平等に山で育った。それであんたはいったい何の木だったかと聞いてるんだ」

「わしか。わしの本地は久遠の菩薩であって、それが地蔵如来となってここに顕れた。衆生のために村々の辻に立ち続ける。この身は如来じゃ」

「相当イッテるなあ」

おれたちはうなずき合った。

この木はもうどこまで行ってしまったのかわからない。この世を通り越して、とんでもない所までイッテしまったようである。おれたちは畏れ入って、もうこの正体不明の木に話しかけるのを諦めた。

伝来、古い仏像はクスの木が多いが、彫りやすく木肌の美しいヒノキの上物もある。しかしそれは上物に限る。この地蔵がどの程度の値打ちかは、埃まみれで館長だって見定めがつかないだろう。ただ値打ちのある仏像なら、廃寺に打ち捨てられているはずがなかろう。

こいつはただ独りで威張っている。

「おうーい、おうーい」

また裏の墓場からモミの木の卒塔婆の声がした。

「うるせえなあ」

と声の方に怒鳴ったのは、部屋の片隅に置かれたクリの木の破片である。線路の枕木だったのが、今はバラバラに壊れて積んである。来館者は首をかしげるが、昔はこの地方を走る汽車の線路をこいつが支えていたのだ。

「おいっ。モミの卒塔婆よ。おめえは死んだ人間を回向するため、そこに立てられたんじゃねえのか。そんな声を出していると、墓で眠っているホトケたちが眼を覚ますじゃねえか！」

「でも、おらあ、もう立ってるの嫌になったんだ……」

モミの木の卒塔婆が返事をする。まだ若い木のようだ。

「こんな陰気な場所はもう嫌だ。よそへ行きたい」

無理もないと思う。

「おらあ、また森に帰って子どもらと遊びてえ。青いイガイガのついた実を、おらがゴロゴロ枝から降らすと、子どもらが走ってくるんだ」

「仕方ねえだろう。おめえも早く成仏することだな」

クリの枕木が冷たいことを言う。こいつは何十年も、轟々と走る汽車の轍の下に敷かれて朽ちたのだ。通り過ぎる鉄の函をじっと支えていた気持ちというのはどんなものだろう。過激だったクリの一生からみれば、墓場に突っ立っているモミはまずは平穏な日々というものだ。

「おうーい、おうーい」

とモミは呼び続ける。

「その成仏って、どんなことだあ」

若いやつは大事なことを知らない。

クリの枕木は返事に詰まって黙り込んだ。それはどう言えばいいだろう。

すると奥の地蔵がぶつぶつつぶやき始めた。

「わしは久遠の菩薩じゃ。地蔵如来じゃ。山川草木一切世間の衆生を救うために出現したぞよ」

「違うよ、違うって言ってるだろう。そんなのじゃねえって」

とカヤの碁盤が笑っている。

「あのな、成仏ってのはな」

とクリが言った。

「春先の林にクスの木なんかの葉が、キラキラキラキラキラ光ってるだろう。カシの木だっていいさ。あのキラキラが成仏だよなあ」

とクリの枕木が良いことを言った。

「わざわざ彫らなくっても、そのまま木が仏だよ」

ツゲの櫛もうなずいて、

「そうだ、そうだとも。たとえばさ、成仏ってのは女の脳天の、まあるい禿げだよ。この世の苦楽を知った、あの髪の毛の中のまるい浄土を見ろよ」

そのとき、おれの脳裏には、温かい湯気がぼうっと立ち昇った。曲げわっぱの飯櫃の中には甘い飯の匂いがこもっていた。それはうっとりするような心地良い思い出だ。おれは成仏がどんなものかは知らないが、思えば飯櫃に生まれ変わって樹木冥利に尽きる気がした。

おうーい、おうーい、と裏でまだ若いモミの声がする。

生の森、死の森

日が昇ると山の麓から、人間たちが森をめざしてやってきた。ぞろぞろと何十人かの長い行列だ。今朝はいつもより多い。列の間に病人を乗せた担架が見える。青白い顔の病人が死んだように眼をつむっている。担架は五つだ。老人が二人。あとは若い痩せこけた女と、中年の男と、子どもが一人。女と、子どものそばにはまるで付き添いの身内みたいに、死神がくっついて歩いている。

人間はおれたちに頼み事を持ってやってくる。こんなよく晴れた日に、見渡す限りの山々が青く霞んで光る朝、身内の病気を治してもらいに登ってくるんだ。

まかせなよ。大昔、おまえたちが森で暮らしていた頃からの付き合いだ。人間たちは森を出て行ってから、いろんな病気と闘わねばならなくなった。それはおれたち、木のバリアから離れちまったせいなんだ。

今朝の山は普段よりずっと青く見えるだろう？　天気は良いし、スギもヒノキもクスノキなんかも、今日は揮発成分のツンツンする微粒子を振りまいている。つまりもう最高のブルーマウンテンの状態だ。

小さい男の子は可哀想に重い腸炎で、腕は小枝の先より細い。この子の眼にはもう死神が見えるので怯えきって震えている。若い女はこれも青白い手を恋人の青年に握られている。だがもう片方の手は、別の死神にがっしりと摑まれているんだ。

山の木が春から夏にかけて発散する大量のフィトンチッドは、成分を分けると百もそれ以上もある。この衰弱しきった女は結核だ。だがおれたちの仲間は、凶悪なジフテリア菌さえ撃ち殺す成分も持っているんだ。

後ろの担架で喘いでいる老人は、あきらかに心臓と血行障害で苦しんでいる。血を通わせる効能は森のヒノキが請け合おう。もう一人の老人は痛風だ。風が当たっても痛むのに、担架にギシギシ揺られて泣いている。痛風はどの木の分担だったか。いや、だれでもいい。とにかく森はおれたちの吐き散らす、強力な薬効粒子が渦巻いている。

中年の男は働き過ぎだ。こいつの臓器は悲鳴をあげている。年寄りの両親にそのまた両親がいて、子どもの数も八人だ。男の担架の周りは、まだ彼が生きて働いて食わせねばならない家族だらけだ。

男は死ぬに死ねないが、しかし半分は死にかけている。もうすぐこの男の肺腑に、精気の素の青い霞を吹き込んでやろう。

病人の担架が近付いてきた。

森全体が病原菌の燻蒸所（くんじょうしょ）だ。

樹木の病院といっていい。この診療施設が最も効果を上げるのは、晴天の午前中だ。昼から後は効力が弱まり、夜になって森が吐き出す息は逆に良くない。

担架は低く担がれてくる。フィトンチッドは空気より重いので、森の底の方に濃く漂っている。だから人間たちは病人の担架を、肩の上に担いだりはしない。だが地面に近い方が濃いといっても、地面に置きっ放しは良くない。

森にはいろんな木々が生えている。マツやスギ、ヒノキなどの針葉樹と、クスノキや、タブなどの広葉樹は、吐き出す成分がみな違う。同じ広葉樹でもまた違うのだ。

森は微粒子の成分のシンフォニーなんだ。このごく細かい微粒子の成分が人間の眼に見えるなら、七色の光の渦がフィトンチッドの交響曲を奏（かな）でている。

人間たちはばらばらに勝手に歩き回ったりすることはない。音楽には旋律ってものがある。そしてそれが奏でられるストーリィがある。だから彼らの行列は静かに粛々と、偉大なシンフォニーのストーリィ通りに、担架を運ぶのだ。昔の人々が歩いた経験の賜物（たまもの）の足跡が、森の底に小径（こみち）を作っている。その上をなぞって行けば、あらゆる木の息吹の恩恵を洩（も）れなく受けることができるだろう。

　腸炎の男の子にも、結核の女にも、心臓と血行障害と、痛風の老人たちにも、働き過ぎて弱った男にも、抜かりなく森の木の治癒が行き渡るよう、担架はゆらゆらと考え深く運ばれて行く。

　彼らはこっちの森の口から入ると、スギ林やマツやヒノキの森をくぐり抜け、それから少し下って、クスノキやハリエンジュ、ネムノキなどの入り混じった、もう一つの森へ向かう。


昔、大きな悪魔がやってきた。

地球を一跨（ひとまた）ぎするような身の丈だ。

祖父たちから聞いた話をしよう。

千年も昔のことだ。大陸は深い森に覆われていたんだ。世界の半分が鬱蒼（うっそう）とした闇の底だった。地球はおれたち木の吐き出す精気に、七色の煙を噴き上げていた。

あるとき大陸の南の方、木の少ない地方でネズミによって媒介された伝染病が、北へ北へと恐ろしい勢いで広がって行ったのだ。人間や馬、牛、豚、山羊の類いだけじゃない。

もっと繁殖力の逞しい、小さくて俊敏な、どんな隙間でも潜り込める汚い生きもの、灰色の波のようなネズミの大群が、次々と小都市を病原菌で汚染して進んだのだ。

またたく間に、その猛威は大陸の人口の三分の二を滅ぼした。恐ろしい死病がネズミに飛び乗って、大陸を猛烈な勢いで北上した。ハーメルンの笛吹き男の話は知ってるだろう。ネズミの大群は、行く手に川があっても止まらないんだ。溺れ死んでも走り続ける。

まったくペスト菌は絶好の乗り物に巡り会った。ネズミの戦車は何千キロ、何万キロを走り続けたんだ。奴らの走った後の村や町では、人間と家畜が折り重なって死んでいた。小さな都市も大きな都市も等しく餌食となり、道端には人と動物の屍骸の山ができた。それを片づける人間もなかった。

今やネズミの恐るべき凶器は鋭い歯より、止まるところを知らぬ四本のちっちゃな足の方だった。走る。走る。そして凱歌を上げる大軍は、北方の大森林地帯へと突っ込んだ。奴らのあの小さくて鋭い歯は、イバラでも何でも噛み砕いて進む。行く所、敵なしだ。

ところが、ここに思いもしない姿なき敵がいた。

ネズミの軍勢はバタバタと倒れていった。奴らを待っていたのは針葉樹の森だ。スギやヒノキの一族が吐き出す息は、恐るべき殺菌力を持っている。広葉樹とは比較にならない濃度だった。

この森は季節や天候によって、彼らの息で元気な人間が入っても気分が悪くなるほどだ。根を下ろした所から動くことの出来ない木は、このときのために戦いの武器を備えていた。殺傷力を持った何百種類のフィトンチッドが、針葉樹の発射砲から繰り出された。

ネズミの軍勢の足並みは乱れ、のろくなり絶命していった。北の大陸はこうして助かった。

祖父たちは言う。

「わしらは静かな兵士だ。わしらは音もなく闘い、音もなく勝利する。どこまでも人知れず森を勝ち取った」

担架を運ぶ列はクスノキの森を行く。

辺りには神々しいばかりの霊気が立ち込めている。

クスノキの幹は深い菱形の彫りが美しい。どっしりとして枝張りの大きな大樹なのに、明るい緑色のヒラヒラした葉をつけている。陰気な針葉樹と違って、クスノキは晴れやかな森の巨人だ。担架はその枝の下を潜ってゆく。

担架の女は蒼白だった顔に淡く血の気がさしてきた。池に沈んだ青い石のようだった眸(ひとみ)が、動き始めた。手を握っている恋人を見上げた。薄い唇がすうーっと息を吸って、彼女の胸がわずかにふくらんだ。

「気持ち良いかい?」

恋人が聞いた。

「ええ。深く息が吸えるわ」

一息吸うと、また少し頰が明るむ。また一息。頰が明るむ。

彼女は生気を取り戻した。

心臓と血行障害の老人も、仰向いたままで息子にしゃべり出した。

「もう半分くらい、きたかな」

「まだだよ。やっと一時間ってとこかな」

「それでも足の痺れがだいぶ治ってきたよ」

「そりゃ凄い。両足ともかい？」

「右足だ」

「そんならもう一時間、楽しみだなあ」

痛風の年寄りも少しは良くなったらしく、泣き止んでいた。それでも痛みは残っているようで、顔はまだこわばっている。焦らないことである。病気の治癒はみんな平等に訪れるわけではない。今しばし辛抱が必要だ。

「ママ。お水が飲みたいよ」

病いの男の子が母親に言った。彼女は夫の顔を見る。どうしたものだろう。朝は水も受け付けなかったので、飲み物の用意がない。父親がそばのせせらぎに駈け寄った。

「そんな冷たい水はだめよ」

「だが森の水だ」

父親がすくってきた少しの水を、子どもの口へ持っていく。ごくん、と子どもの喉が動く。

「ほら、飲めるじゃないか」

一人ずつ森の樹木の霊験が現れてくる。列の人々の顔に微笑みが広がっていく。しかしまだ幸運のきざしの見えない病人もいる。働き過ぎた男の顔は土気色のままだ。彼の家族は年寄りも女房も、子どもたちも黙って歩いている。年老いた両親と、そのまた両親と、妻と八人の子どもたちに奇跡はまだ訪れない。

男は眉根を寄せた。

「あんた、苦しいの」

女房が覗き込む。男は苦しみ出す。担架の列が止まった。誰かがさっきのせせらぎから水を汲んできた。森の水に願いをかける。みんな見守る。男は少し飲む。喉仏がわずかに動き、しかしそれきり止まってしまった。呼吸が乱れていく。
おれたちはスギもクスノキもハリエンジュも、コナラも、急いで懸命に自分の身の内の精気を吐き出し、男の方へ送った。これで治らなかったら、もう諦めるしかない。人には治るわけも、治らないわけもあるのだ。しかしその秘密はこの世の誰にも知ることはできないのだ。

男の口がだらりと半開きになった。女房が男の口元に頬を付けた。息が止まっている。彼は死んだ。人間たちは行列を止めると黙禱（もくとう）した。

やがて彼らは元のように歩き出す。

森のシンフォニーは終わっていない。入り口から出口まで歩き続けねばならない。治らないときは治らないわけがあるんだろう。命は絡み合った蔓（つる）のようなものだ。森っていうのはそんなことも、だんだんわかってくる所でもある。

ほら見ろ、子どもはまだ泣いているが、女房は泣きやんで顔を上げた。

死は生の親である。死んだ亭主の顔に朝の荘厳な光が射している。女房の顔にも射しているぞ。

そうだ、歩いて行け。そして生き続けてゆく者は、森の精気を一杯吸うのだ。

とむらいの木

ぽっかりと、白い皿みたいな月が山に昇った。

太郎スギがそれを眺めていると、透き通ったシャボン玉みたいなのが、ふわり、ふわり、と目の前を飛んで行った。

なんだ、おれの花粉じゃねえか。

太郎スギはつぶやいた。スギ花粉の季節は終わったが、まだ多少は林の木々に引っ掛かっていたのだろう。それは自分が年甲斐もなく、ついこないだ、がむしゃらに吐きまくった愛欲の情熱のカケラだと思うと、愛おしいような、気恥ずかしいような、うら淋(さび)しさを覚えた。

山道は月の光でぼんやりと水を撒(ま)いたように明るい。そこへ下の道からザワザワと枝を引きずるような音がして、大鷲のタラヨウが登ってきた。こいつが枝を広げた姿というのは大きな鷲のように雄大なのだが、狭い林道はいかにも通りにくい。

「ゆうべ猿田の爺さんが死んだそうじゃ」

タラヨウは麓(ふもと)の村の不幸を知らせに来たのだった。

「そりゃ知らなかった」

猿田の爺さんは長く森林組合長をやっていたが、数年前にようやく引退した。太郎スギはスギ林の下草刈りから枝打ちまで世話になった恩義がある。

「今夜は通夜じゃから、お参りに行かぬか」

こういうことは何でも仲間内で相談することになっている。タラヨウは上の滝の大王クスにも、これから声をかけに行くと言う。クスノキは猿田の爺さんの製材所でも世話になっている。若木のクスを業者が伐らぬよう、爺さんは規制区域の外まで目を光らせてくれていた。

「そうだ。火炎のビャクシンも誘おう」

このビャクシンも昔、枯れかかって伐採されかけたとき、猿田老人に助けられたものである。

話がまとまって二本の木は夜道を歩き出した。月は中天に昇り、黄色い光の暈をかぶって付いて来る。

美しい晩に爺さんは旅立ってゆくのだな、と太郎スギは思った。

ふと隣を歩く大鷲のタラヨウの枝から、甘い蜜の匂いが漂ってきた。スギは風に花粉を飛ばすが、モチノキ科のタラヨウは、自分の花粉を鳥にくっつけて運ばせるのだ。それで黄緑色のタラヨウの花は、甘い蜜でべとべとに濡れて、夜目にも光っているのである。

そうか、こいつは今、生殖の情熱に燃えているというわけか……。

鳥でなくても匂いにくらくらと引き込まれそうだ。このべとべとの妖しい姿で人間の通夜に行くのである。太郎スギはタラヨウと同行することに、少し気が引けてきた。

やがてガラガラと滝の轟(とどろ)きが聞こえてきて、行く手に森一つもあるような大王クスの影が現れた。

「何事だい？　お歴々」

と大王クスに聞かれて、タラヨウが麓の不幸を伝える。大王クスもうなずくと腰を上げた。それから夜の森が揺れるような底深い吠え声で、上の森に棲む友達にこのことを知らせた。

「おう――い。火炎のビャクシンよ！　猿田の爺さんが失(の)うなったそうじゃ。悔やみに麓へ降りて行くぞう――」

「ようし、先に行け。じきに追い着く！」

闇の中から野太いビャクシンの声が返ってきた。寝ていた鳥が騒ぎ、そこらの木々が寝ぼけて起き上がり、やがて静まった。

おうーい、おうーい、とビャクシンが追いかけて来る。ヒノキ科のビャクシンは枝という枝の葉がみな上向いているので、昼まに見ると緑色の巨大な炎のような姿である。そのでかいやつがドス、ドスと韋駄天（いだてん）のごとく走って来て、追い着いた。

こうして四本の木は打ちそろって山を降りた。麓に着くと広い猿田屋敷の玄関の前に立った。軽トラや重機が何十台も停まっている。通夜は盛大なようだった。

「手ぶらというのも変じゃのう」

と火炎のビャクシンが言うと、

「おお、そうじゃ」

と大王クスがタラヨウの厚い葉を一枚抜き取った。この葉の表（おもて）にみなの名前を書こうと言う。

「もってこいじゃ」

タラヨウが足元の木切れを拾って、葉っぱを裏返すと丁寧に文字を刻み付けた。タラヨウの葉はこすると熱で黒く変色する。それで昔はこの葉に経文を書いたものだ。

どうじゃ、とタラヨウが葉っぱの文字を見せた。

「御霊前　多羅　葉助」

葉っぱの裏に文字が黒く浮いて見えた。

「うまいもんだ。人間みてえだ」

と太郎スギが言う。彼はそれを受け取ると、「杉多　市郎」

と書き込んで、大王クスにまわす。

「大楠　勝」

と大王クスが記し、最後はビャクシンだ。

「柏　槇一」

ビャクシンは、漢字で柏槇と書くので、こうなるのだ。四本は顔を見合わせて微笑んだ。それからめいめい自分の小枝から、虫食いのないなるべく大きな葉っぱを一枚ずつ引き抜いて、それをお札のように揃えた。よし。これで通夜の客になる。

家の中はあかあかと灯がともり、読経の声が流れていた。人間の葬式に参列するのは初めてだ。一同は大鷲のタラヨウを先頭に立て、玄関の受付に行く。タラヨウが四人連名の薄緑色の香典袋を差し出した。森林組合の若い男事務員が恭しく受け取ると、葬儀式次第と清め塩の入った紙袋を渡してくれた。

受付の事務員たちは若い者ばかりで、見慣れない大男の四人組を恐る恐る眺める。先頭のタラヨウなどは葬式というのに古い革ジャンパーを着て、なぜか鳥打ち帽子という出で立ちだ。帽子の庇の陰から細い目が昏い光を放っていた。

あとのスギとクスとビャクシンも古い刺し子の袢纏を着、首に手拭いを巻いたり、森林組合の擦り切れた法被姿だったり、裾の広がったニッカズボンに地下足袋姿なのである。故人の猿田虎三の古い知り合いか、木樵の老人かもしれない。事務員たちはうなずき合った。

しかしそれにしても、この年寄りたちの顔の大きさというか、横幅の広さには感心する。まるで木の幹をズブリと立てて、目鼻を彫ったような表情のない顔は、長年にわたり山仕事をして来た老人の武骨さを漂わせてもいた。

座敷に案内されると、読経の声が高く流れていた。タラヨウ以下、後ろの空いた畳に座って手を合わせた。することがないから目を瞑(つむ)っていると、お経が林の中にいるように響き、太郎スギは心地良くなった。

太郎スギの斜め前の席では、人間の若者が泣いていた。故人にゆかりの者だろう。人間という生物の死がスギにはまだピンと来ない。太郎スギは今年七百歳だ。もし大きな寺を建てるとき長尺の柱が必要であれば、伐られることもあるだろう。だが伐られて柱になっても太郎スギは死なない。七百年間も地に根を張って生きていると、柱になっても七百年は生き続ける。木とはそういう生きものだ。もしそれから壊されて腐ってもまたどこかに青い芽が出るのだ。

人間の猿田の爺さんの亡骸(なきがら)は、明日は村の火葬場に運ばれて焼かれる。何とそれっきりなのである。それっきり。それで終わり。スッパリ、と断ち切られる。

たった八十九歳だ。まだ若いのに。

太郎スギは手を合わせている。そういえば山の年寄りのスギが昔言っていたものだ。

ニンゲンと付き合うな。その意味が今わかる。アッという間に一生を終えて死んでしまって、永い付き合いが出来ないからだ。

そう言っていた年寄りのスギは、一昨年の台風で根から倒れて腐って枯れたのだった。しかし今年の春のこと、つい先月だ。仰のけに引っ繰り返った枯れ根の間から、細い薄緑色の毛筋みたいな芽が出ていた。露を含んで朝日にきらきら光っていた。

線香の煙が濛々と立ち込める中に、故人の遺影は笑っていた。

「何か、おれの匂いがしねえか？」

ふと大王クスが辺りを見た。それは線香の匂いだった。クスは線香の原料になる。

焼香がすむと森林組合の役員が挨拶して、その後は散会となった。残って故人の枕辺に座る者、遺族に挨拶する者、酒を飲む者、握り飯を食べる者、いろいろいる。

そんな座敷の中で亡くなった猿田虎三だけが、白布で顔を覆われたままコトリともしない。太郎スギと大王クスと、大鷲のタラヨウと火炎のビャクシンは順に線香を上げた。

「シ、失礼バシマス」

そこへ作業着姿の男たちが五、六人神妙に挨拶をして入ってきた。仕事で遅れて来たようだ。髭（ひげ）の男が亡骸の布団の足元で男泣きした。それから一同、大きな体を折り曲げるようにして、不器用な手付きで焼香し始めた。

そのとき太郎スギが鼻をひくつかせた。線香の匂いの中に、場違いな甘い匂いが混じり始めていた。タラヨウの出す花の蜜のべとべとした匂いだ。部屋に充満した線香は死の香りで、タラヨウが放出しているのは生殖の匂いである。そっとタラヨウの膝を見ると、何とズボンの股の辺りがべとべとに濡れて光っている。

「おい、そろそろお暇（いとま）しよう」

太郎スギは慌てて言った。だんだん部屋は花粉の蜜で噎（む）せるようになっていた。

「おい、少しは控えろよ」

タラヨウに小声で注意すると、

「だって出るもんは止めようがねえ」

しっ。ビャクシンが目でにらむ。

その内にも部屋はそっくりミツバチの巣に入ったような匂いになった。

「そ、それではこれにて失礼をば」

太郎スギがタラヨウの腕を引いて立ち上がる。大王クスとビャクシンも慌てて腰を上げた。早く、早くと気が急いて玄関に出ると、

「ああ。お茶を飲んで行かれてください」

と森林組合長が追って来た。

「い、いえ、いえ、いえ、いえ！　少々用事がありまして、お邪魔いたしました」

玄関を飛び出るようにして庭に立つと、四人、いや四本はようやく息をついた。表の道に出て山を見上げると、夜空は薄墨色をして山だけ真っ黒な大きい洞穴のようだった。厚味のない、吸い込まれたらどこまでも呑まれていくような山の闇だ。太郎スギはその馴れ親しんだ暗黒を見て、ホッと安堵した。

人間の声が後ろからざわざわとやって来る。太郎スギが振り返ると、さっき遅れて来た作業着の一団の男たちだった。なぜか彼らの方向から濃い蜜の匂いが流れてくる。彼らの声高な話し声も聞こえるが、何だか訛りが強くて聴き取りにくい。

「猿田ノ爺ッサハ若死ニスッデ可哀想ダア」

「人間ナバ仕方ネエコッチャケド」

「ンダ、ンダ。人間ナバ仕方ネェナア」

太郎スギが思わず立ち止まってもう一度振り返ると、夜道には人間の姿をしたものも、木の姿をしたものも、何ものの影も見えなかった。ただ彼らの声だけが、これも山の方へと上って行くのだった。

山道を少し入ると、太郎スギも、大鷲のタラヨウも、大王クスも、火炎のビャクシンもやがて姿を消した。これから自分の木の中に戻って眠るのだ。タラヨウの蜜の匂いが微(かす)かに残った。

弔い花

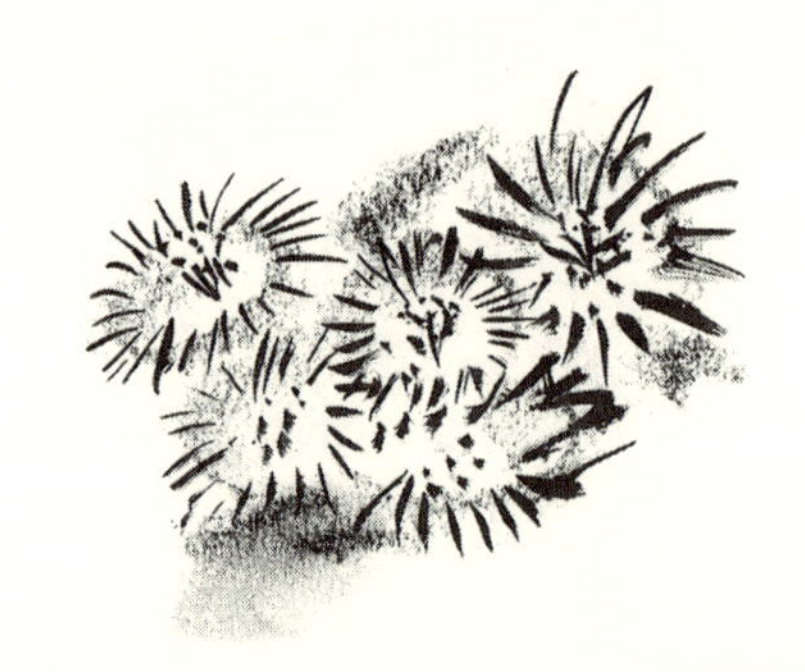

あたしたちは春一番に咲く花なの。

落葉樹の林が新しい葉を生やす前に、あたしたちは半分凍(こご)えた林の地面を割って花を咲かせる。びっしりと花びらが取り巻いた黄色い小さい顔よ。

あたしたちの故郷は東アジア、満州、アムール河流域。そこから南下してきたの。寒い気候には慣れている。

名前はまだないわ。キンポウゲ科の多年草の一種で毒草なんだけど。そもそもこの付近には野草に名前を付けるような、そんな知恵のある動物は一匹もいないの。

向こうの丘には二本足で歩く珍しいサルたちがいるけど、四つん這(ば)いで走り回る他のサルたちと知能の点では変わりないわね。彼らの特徴はただ一つ、凶暴なことよ。弓矢を持って山や野原を獲物を求めてほっつき歩いている。

彼らがやって来ると、春の日が溢れる野原は一瞬にして恐ろしい場所に変わるの。

おまけに狩猟用の獰猛(どうもう)なイヌを何匹も連れているから、彼らに狙われたシカやキツネは助からないわね。弓矢に刺されイヌに噛み殺されてずたずたになるの。

ある暖かい朝のことだったわ。

あたしたちは太陽の方に向かって、精一杯、花の首をもたげていたのよ。花びらのブラインドを跳ね上げて、空から降り注ぐ日光を、どんどん花の中へ取り込んでいくの。

普通、花といえば昆虫を誘い込む甘い蜜を持っているけど、あたしたちにはないのよ。その代わり虫たちに太陽で暖めたメシベの部屋を用意するの。

わかる？　このまだ雪の残る林で、小さな昆虫たちは震えているの。だから彼らは花の温もりに誘われて、あたしたちの部屋に飛び込んで来るのよ。

野にはまだほとんどの花は咲いていないわ。わずかにあたしたちだけが顔を出してるの。陽が照ると花びらのブラインドを大きく開け、そうして陽が翳ると溜め込んだ暖気を逃がさないよう急いでブラインドを閉めてしまう。

あたしたちは虫媒花というの。生殖行為に昆虫の手を借りるわけ。虫の注意を引くために虫媒花は色鮮やかな大きな花びらを誇示するのよ。虫媒花は美しいわ。あたしたちがそうよ。自慢するわけじゃなくて、理由があるんだけどね。

子孫を残すための花の生殖には、虫を媒介にするもののほかに、風の助けを借りるのもある。ほら、春から初夏にかけてスギやマツの木の花粉が、風に乗って黄色い砂塵みたいに飛んでいく。あれが風媒花ね。

見てわかるように風媒花は昆虫の助けを求めないから、派手な花弁も甘い蜜もいらない。ただ大量の花粉を風に乗せてどこまでも飛ばせばいいだけ。受粉を待ち焦がれる木の、メシベのところまで風に配達を頼むだけ。美貌の依頼人じゃなくても風は選り好みしないもの。

動物のセックスの簡単なことといったら、羨む気も起こらないわ。シカやイノシシやイヌ、サルたちの生殖は紙があっという間に燃え上がるように、火が点いたとみるや終わってしまう。まるで儚いかげろうみたいなセックスね。そしてそんなことで生まれてきた哺乳類なんか、性欲の幻に追われている。

でもあたしたちの生殖は、絶対条件として段取りが必要だわ。自分一人ではおこなえず、しかも偶発の幸運に願いを掛ける。これってファンタジック・ラブっていってもいいんじゃないかしら。

夢を見る力がないと性欲は燃やせない。あたしたちは花芯のある愛の部屋を陽光に暖め、寒がりのハチやアリを誘い込むと花粉をまぶして送り出す。

花の生殖が完遂するのは、虫のお客の働きに掛かっているの。冷静に段取りし、手配をすませ、虫たちをうまく使わなければいけない。だからあたしたちの性欲は希望や憧れに似ているって気がする。

さてあたしたちがめざましく、花びらのブラインドを開閉し続けていると、そこへ丘の向こうから二本足のサルたちがこっちへやって来たのよ。

いつも連れているイヌの姿はなくて、彼らは真っ直ぐあたしたちの咲いている所へ歩いてきたの。男と女の一組のサルで、男は弓矢を持たない手ぶらだったわ。二匹はあたしのすぐそばまで寄って来てしゃがみ込んだ。

近付いた二人は男も女も体が大きかった。

頭にぼさぼさの長い毛が生えて、それから男のサルは短い体毛を胸や手足にも生やして、恐ろしげだったわ。突き出た大きな下顎や口は、そこらのサルとよく似ている。

毛むくじゃらの男の腕が伸びてきて、あたしは茎をギュッと摑まれたの。

あたしたちはそこらじゅう生えていたみんなと一緒に、根こそぎ地面から引き抜かれたわ。あたりには花の悲鳴が飛び散ったわ。二本足のサルはそれだけでは満足せず、次々に辺りの花を引き抜き始めた。

それから両手に山盛りの花を抱(かか)えると、自分たちのすみかの方へ引き返したのよ。女のサルの方を覗(のぞ)くと、彼女の手の中には黄色じゃなくて、濃い紫色の花（ユリ科のカタクリ属かしら）が山のように摘み取られていたわ。いったい彼らはあたしたちを摘んで、これからどうしようというのかしら。

運ばれて行きながら、あたしは目の前が昏(くら)くなった。ああ。死はこうやってある日、突然に前触れなくやってくるのよね。もう根を抜かれてしまったのだから、あと半日も命は保たないわ。

きっと薬にされるのよ。

仲間の花たちが言った。

そうかもしれない。

二本足のサルは愚かな動物だけど、いつだったか年取った仲間のサルが死にかかったとき、あたしたちの根を齧(かじ)って命を取り戻したことがあるのよ。

それで味をしめて、彼らはあたしたちの根を掘って、薬にするため持って行くようになったけど、強い薬になるものは強い毒にもなるわ。それで使い方を間違えて何匹もサルが死んだという噂を聞いたわ。

それっきり彼らは、もうあたしたちの前に姿を見せなくなったんだけど……。でもやっぱり薬が欲しかったのね。

ああ。あたしたちはもうすぐ命が消えることに変わりはない。そういえば少しずつ体の水気が抜けて、萎(しな)びていくのがわかるわ。

あたしたちはみんなぐったりと瀕死(ひんし)の首を垂らして、ゆらゆらと彼らの集落に運ばれて行ったのよ……。

丘の上に丸い屋根の小屋が点々と見えてきたわ。

二本足のサルたちのムラは、思った以上に広く大きかった。中央に広場があって、それを取り囲むようにして小屋が集まっていた。何個かの小屋の屋根から白い煙が出ている。四足のサルと違って、彼らは火を使うことができるみたいだったわ。

きっとその火で野草の根を煎じたりするんだわ。

そう考えると彼らは、あたしたちが思う以上にもう少し知恵のある動物だってことがわかってきたの。

彼らの集落に着くと、ちょうど一つの小屋から何かが運び出されてくるところだったわ。前と後ろとで二本足のサルがその細長い重そうな包みを担いでいた。

解体したイノシシやシカとは違う。

何か毛皮に大事そうに包まれたものが、小屋から運び出されていくのよ。そして広場とは反対の方角、集落の裏にある広葉樹の林のひと隅に、粛々と進んで行く。

死んだ仲間のサルよ、あれは。

あたしたちはすぐピンときたの。そしてそれはもう確かなことと思えたので、みんなで黙ってうなずき合ったわ。だって毛皮にくるまれた中味は見えなくても、それはどう見てもぼんやりした生きものの形をして、まだ命の名残がそこに残されているような、柔らかくて妙に懐かしい感じがしたからよ。

可哀想に。草の根の煎じ汁は間に合わなかったらしいわね。

先頭を行く亡骸（なきがら）の後から、毛むくじゃらのサルたちが男も女（彼女たちも毛だらけよ）も混じって、ぞろぞろ付いて行く。落葉樹の寒々とした林の入り口の所で、彼らの足は止まったわ。

毛皮の包みが、地面にずっしりと降ろされた。そして中から現れたのは、白い顎鬚（あごひげ）を伸ばし威厳に満ちた年寄りのサルだったわ。

ええ。確かに彼はもう死んでいた。

年を取っていても大男で、若いときにでも猟で大きな負傷をしたのか左足一本しかなかった。このムラで功績のあった年寄りかしら。眠っているみたいな顔だったわ。

二本足のサルたちは亡骸を囲んで、口から不思議な声を出し始めたの。まだ彼らは満足な声というものを持たないので、悲しげに喉（のど）を震わせ、波のような音を響かせるの。これが彼らの泣き声というものかしら。

それとも何か死んだサルに語りかけているのかしら。

ときどきオオカミやシカの死骸に出会うことがあるわ。

オオカミとシカでは、死んだ後が違うのよ。シカは親子か一頭単位で生きている。

でもオオカミは群れで生きているのよね。群れの中で生まれて育ち、狩りをして群れの中で一生を終える。

だからシカの死骸は死んだ場所でだんだんと腐っていき、長い間に乾燥してぺらぺらの薄皮みたいになって、いつの間にか風に飛ばされて散り散りになってしまう。

でもオオカミの死骸は仲間に見守られて、またたくうちに吠え声で山に伝達されて、みんなが集まって来るわ。それから彼らの哀しい鳴き声がひとしきり流れて、死骸はどこかへ消えてしまうの。仲間のオオカミが咥えて行ったんだと思う。

二本足のサルの死と、オオカミの死は似ているのよ。

その年寄りの亡骸はどうしたかって？

地面に穴が掘られていたのよ。今さっき掘ったばかりで、まだ湿った土の新鮮な匂いが立ち昇っていたわ。知ってる？　掘りたての土はね、泥の匂いは清々（すがすが）しいのよ。

二本足のサルたちは、また不思議な音を口から発しながら、老人の亡骸をその清々しい香りに満ちた穴に、静かに沈めていったのよ。

そのまま穴はまだしばらく閉じられなかったわ。みんな何かを待ってるようだった。

やがて集落の方から、若いサルが一匹、草の蔓で編んだカゴを提げて駆けて来た。

彼は穴のそばにしゃがむと、カゴから白い木切れのようなものを取り出して、亡骸のそばにバラバラと置いたの。それは骨に違いなかった。何だかオオカミの頭の形に似ていたわ。

それはイヌの骨だってすぐわかったわ。

老人がまだ元気で逞しい狩人だった頃、彼の前になり後になりしながら狩りの供をして、イノシシを追い立て、威嚇し、勇敢に追い掛けた猟犬の頭の骨……。あたしはだんだんにそんなことがわかってきたの。

犬の骨はずいぶん古びていたわ。長い間に土の中で泥の色が染み込み湿気のせいで緑色の苔も付いていた。きっとその頭骨はどこか別な場所で埋められていたものが、今日、わざわざ掘り起こされたのね。

何のために？

あたしにもわかってきたわ。

イヌは主人より命も短く、先に死んでいくものよ。それでよく働いた猟犬は、死ぬとどこかに穴を掘って埋めて貰うのね。それでいつか何年か何十年後か、イヌの飼い主が死ぬと、イヌの骨は掘り起こされて主人と一緒に埋め直される。

何だか光が射すような話じゃないかしら。

二つの亡骸には、二本足の女のサルが恭しく、自分たちが土を捏ねて作った小さな器を供えたわ。その土器には縄目の模様が幾筋も刻み込まれて、中には植物の種が入っているような微かな音がした。死んだ後の彼らの食べ物かもしれない。

そのときあたしはハッと気が付いたの。

これは、彼らの儀式なんだわ。もしかするとどこかであのオオカミたちも密かにやっている、死んだ仲間を送るセレモニーじゃない？

あたしたち花は散ってしまえば枯れて、すぐ土になるけど、それまでに時間のかかる彼らは仲間の死骸を土に埋めてやる。孤独なシカたちはいつまでも雨露に濡れて、無惨に放られているけど、群れの生きものはそこだけは違うんだわ。

ただ命が終わるだけのことなのに……。

あたしたちももうすぐ萎れて、花の命を終えるときがくるわ。もうあたしたちは彼らの手に握りしめられて、ぐったりとなっていた。これからどうなるのかしら。

そう思って身を震わせていると、いきなりあたしの目の前に穴が迫って来た。年寄りの亡骸とイヌの骨が横たわっているのが見える。するとあたしたちは高く掲げられ、それからぱらぱらと穴の中へ撒き散らされた。

あたしたちはサラサラとその亡骸の上に降り積もっていったの。穴の中には馥郁とした香りが流れた。その後には、さっき一緒に摘み取られたカタクリの花も、紫の大粒の雨が降るように、バラバラと穴の底へ沈んでいったわ。

役目はもう終わった。

薬になるわけでも、食べ物になるわけでもない。あたしたちは亡骸に捧げられたのよ。

死んだものを弔う花……。あたしたち花が、二本足のサルたちから請け負った最初の仕事というのかしら。ああ。でも何て綺麗な光景なんだろう。

たぶんこれから彼らは、仲間が死ぬたびにこの儀式を始めるのよね。花の死に方もいろいろあるけど、これも悪くないって気分もする。

いよいよ土が上から降ってきたわ。
穴が埋められていく。空がどんどん狭くなる。辺りは昏くなってきた。
お眠り、二本足のサルとイヌ。
あたしも一緒に瞼（まぶた）を閉じるわ。

女たちのオークの木

お祖母さんはもう随分前に亡くなった。

あたしが八歳になるもっと前のことだ。

けれどまっ白い髪の毛をゆるく頭の後ろに巻き上げて、オークの葉の形をした髪留めで束ねたお祖母さんの後ろ姿を、昨日見たことみたいに不思議によく覚えている。

お祖母さんの白髪は一本ずつが太くて、まるで凍って光っているように艶々(つやつや)していた。その髪の毛の中に氷の粒が混じっているのじゃないかと、あたしは目をみひらいて近寄って眺めた。サーシャというのがお祖母さんの名前で、それは古いケルトの言葉で、雪、という意味を持っていると聞いたことがある。

だからお祖母さんの髪の毛は氷みたいなんだとあたしは納得したが、でもお祖母さんのふっくらした体は温かかった。冬はことに火のそばで煮炊きをするので、暖炉の匂いも混じっていた。

亡くなる前はもう料理はあたしの母にぜんぶ任せていたので、ベッドに寝ているお祖母さんの体は冷たかった。

その日は雪が降っていて、お祖母さんは窓越しにじっと、ガラスを打つ雪のつぶてを見ていた。お祖母さんはあの雪の中に帰るのかもしれないと、あたしは思った。

窓の向こうは庭で、その先にはなだらかな丘が雪をかぶって連なっていた。お祖母さんは魂になったら、あの白い丘へ鳥のように飛んで行くような気がした。

丘の上には部屋の窓からでもはっきりと、一本の大きな木が立っているのが見えた。冬は葉を落として裸のごつごつした荒々しい木になるが、春には偉大な将軍の勲章のマークみたいな、大きなギザギザの葉が生えてくる。見違えるような緑の衣装に包まれる。

いつだったか春先のある日。

お祖母さんはテーブルでバラの花びらの紅茶を飲みながら、あたしに低い声で打ち明けるように言った。

「あのオークの木は、わたしの前の夫だったのよ」

えっ、とあたしは驚いて窓を見た。

「お祖母さんは木と結婚していたの！」

あたしは小さかったけど、それがとんでもない話だということはすぐわかった。お祖母さんはあたしをからかっている。

「どうやって木と結婚したの？　ウェディングドレスも着たの？　花嫁のブーケも作ったの？」

お祖母さんは微笑みながらうなずいた。

「昔だからね、美しいレースのドレスはなかったけど、新しい服と赤いネッカチーフを母が縫ってくれたわ」

「お婿さんはどうしたの？　オークのお婿さんよ」

あたしは噴き出しそうになりながら聞いた。

「彼は水色の長い布を太い幹に巻かれたのよ。もうそれだけで素晴らしい花婿の姿だった」

あたしはクッキーをつまんで言った。

「でもキスはどうやってしたの」

「こうやってしたのよ」

お祖母さんはゆっくり首を伸ばして、あたしのほうに顔を近づけた。大きな白い動物が近寄ってくるようだった。そしてあたしの頰を吸った。

「でもおかしいわ、おかしいわ」

とあたしは言った。

「ご飯はどうするの。テーブルもお皿もないでしょ」

するとお祖母さんは両手を上げて、

「ふふ、こうやって彼の体を揺するのよ。えい、えいって。そしたらバラバラーって
ドングリが落ちて来る。それを拾ってぱくぱく食べる」

「おかしいわ、おかしいわ」

とうとうあたしはテーブルの下で足をバタつかせた。そんなのありえない。

「それじゃ夜はどうやって寝るの。ベッドもないし、彼は突っ立ったままじゃない」

「夜は彼の足元で寝たの。空の星たちがわたしを見守ってくれたわ。静かにね」

そのときあたしはハッとした。すごく大事なことを思い出したのだ。つまり嘘つき
お祖母さんへとどめの一撃だ。

「それじゃ、それじゃ、お祖父さんとどうして結婚することができたの」

あたしのお祖父さんは早く亡くなって顔も覚えていないが、居間の壁には古い額に入った写真が飾ってある。彼の顔は若くてあたしの父によく似ていた。

「オークと別れてから、お祖父さんと再婚したのよ」

お祖母さんはゆっくり紅茶を口にふくんだ。

「つまりあなたのお祖父さんは二度目の夫なの。オークの次の夫よ」

あたしの頭の中で、お祖母さんの話の糸はぐるぐる絡まった。

「どうしてオークと別れたの？　素晴らしい夫だって言ったじゃないの！」

「お祖父さんがどうしてもわたしと結婚したいと言ったからよ。だって人間は人間同士で結婚したほうが自然というものじゃないかとね」

「そんなの勝手よ！　オークが可哀想」

「ええ、ええ。だからわたしは今もあのオークのことを、忘れられないのよ。愛してるわ」

嘘だ、嘘だあ。あたしがげらげら笑い出すと、お祖母さんも何だか困ったように微笑んでいた。

今は丘の上のオークはお祖母さんが生きていた頃より、さらに幹が太くなり葉が繁った。そしてオークと離婚したなんて言った彼女はもういなくなって、オークの木だけがどっしりと丘の王のようにそびえていた。

十九歳のときあたしたちの一家は鋭い山岳と谷間と湖沼がどこまでも続くブリテン島の高地から、ロンドンに引っ越した。医者だった父がロンドンでも古いワールド・ジェイン・スクールの校医になったからだった。

あたしもロンドンの別の女子スクールに入学した。父は仕事が遅くなるとスクールに泊まることもしばしばある。そんな日はあたしは母と二人で食事をし、おしゃべりをしてベッドに入った。

そんなある日のティータイムのテーブルで、あたしたちは祖母の思い出話を始めたのだ。

母はその頃すでにもう髪の毛が亡くなったお祖母さんのように白かった。あたしは遅く生まれた子どもだったが、それでも母の髪は白すぎた。

「血筋なのね、きっと」

と母は言った。血筋という言葉であたしはふいにお祖母さんが木と結婚した話を思い出した。お祖母さんが本当にオークと結婚して、お祖父さんと再婚しなかったら、血筋は絶えていただろう。あたしもむろん、彼女の娘である母だって生まれることはなかった。

「お祖母さんは二度も結婚したって本当？」

あたしが笑いながら尋ねると、母は口をぽっかり開けて驚いたふうで、それから唇が笑いを堪(こら)えるように震えた。

「あなた、それ知ってるの？　つまり、オークのこと」

「じゃあ本当に木と結婚したの！」

「正式じゃないのよ。昔、わたしたちの故郷では、娘たちは年頃になると、オークの木と結婚式を挙げる習慣があったんだって。その相手の木は父親が選んで来るのよ」

「なあんだ。本当の結婚じゃないわけね」

お祖母さんは子どものあたしを面白がらせようとしたのだった。しかしそれはまるきりの嘘とはいえなかった。

「でもいったいどうして、昔の人は娘とオークの木を結婚させようなんて思い付いたのかしら」

「今となってはよくわからないけど」

　母は遠い目をした。

「お祖母さんもなにぶん娘の頃のことだから、くわしいことは何も知らなかったみたい。だって結婚ということ自体が何なのか、何もわからないまま娘たちは結婚して行くんだもの。みんなそうよ。わたしだって。そして結婚しても……未だによくわからない」

　母は肩をすくめて笑ってみせた。

あたしたちは人間の娘が木と婚姻するメリットについて考えてみた。蜘蛛（くも）の巣がかかったような古いパズルを解く気分だった。まず母が一つ考え付いた。

「病院もなく薬も乏しかった頃、木と結婚して木の一族になることは、魔除けの効果が得られたかもしれないわ」

「ああ。なるほどね」

とあたしはうなずいた。病気だけでなく、怪我とか、出産、それから女性の一生のもろもろの災厄から身を守るために、それは必要だったかもしれないとあたしは思った。その一つに山岳地には落雷が多かった。オークは人間の身代わりに、金色のギザギザの形に燃え上がったわ。

「それからもう一つ」

今度はあたしが言った。母は紅茶を淹(い)れた。干したバラの良い香りのする紅茶は村の人々のティータイムの慰安だった。紅茶を注ぎ分ける母はお祖母さんのもう少し年若い頃を彷彿(ほうふつ)とさせる。

「オークは誇り高い木だわ。その妻になることは、娘たちがただの娘から昇格することになるでしょう」

オークの妻になった娘たちは、ただの少女ではなくなる。

「たしかにお祖母さんは誇り高い女性だったわね。優しくて、威厳があって、きちんとした強い女性だったわ」

その母の言葉に、あたしは背筋の伸びた老婦人の姿を目に浮かべた。お祖母さんの胸の中にはオークの誇りがしまわれていたんだと思う。

「かのジャン・ジャック・ルソーは言ったわ。人間はドングリを腹一杯食べ、その同じオークの木の下をねぐらとしたのに、小麦粉が出来てから堕落してしまった……って」

あたしがそう言うと、母もうなずいた。

「そうね、オークはただ魂の木であるだけでなく、腹の足しになる木でもあったんだわ。オークに嫁入りすることは、食料貯蔵庫のカギを預かるようなものだったかもね」

「ええ、そうね。あの美味しいブリテンの豚を肉にするまでには、ドングリを八キロずつ食べさせ続けるんだって！」

「ブリテン島の豚は最高よね」

あたしたちは少し体が熱くなった。紅茶のせいでもあり、オークについて語る情熱のせいでもあった。

「確かにオークは木の中の王だけど、お祖母さんも素晴らしい女性だったわ」

悲しいかな、ロンドンの家の窓からはオークの木は見えない。あの北の山岳地にそそり立つ雷よけのシンボルの巨樹は、たしかにこの石造り都市には似合わなかった。

その夜、あたしが自分の部屋に引き取ると、恋人のブロックから電話がかかってきた。次の日曜にどこへ行こうかというおしゃべりだった。スクールを出たらあたしは彼と結婚しようと思っている。母にはまだ言っていないけれど。

もしあたしが、お祖母さんの時代の娘だったらどうするかと考えてみた。母の話では、もうその頃は木と結婚する娘もいれば、樹木婚はしなくて、そのまま人間の男性の所へ行く娘もいたという。古い習慣はそんな風に少しずつばらけていくのだ。結び目が解けたワラの束みたいに。

あたしは人間の男より前に、オークと結婚しようかと思った。

故郷の青々とした春の丘に立つオーク、秋には足元にざくざくとドングリの実を降らせる、あの人間でない巨大な生きもののオスに嫁いでみようか、と。

そしてあたしは森の精霊のオークの魂を胸に、ドングリ貯蔵庫のカギと、ブリテンの豚の群れを引き連れて、彼の所へ嫁いで行く。

「ああ。そしたらもう雷だって怖くない!」

あたしがそう叫ぶと、オークは喜びに震えてあたしを抱き締めてくれるだろう。あの灰色の滑らかな太い腕で。

ナミブの奇想天外

この町へ一家で移り住んだのは半月前だ。

父はナミブ砂漠が大西洋の波にぶつかるこの小さな町に、観光客を招くコテージとレストランを開くためにやって来た。コテージもレストランも立ち上がった。赤い砂の海と岩石だらけのごつごつした砂漠のそばに、人間の住む町があり、マーケットの駐車場くらいの飛行場も出来ていた。

町へ走るおんぼろワゴン車の中で、

「あたし、向こうへ着いたらさっそくヒンバ族の村へ行ってみるわ。表敬訪問よ。美味しいケーキのお土産を作って行くわ」

と姉は何が楽しいのか、浮き浮きとしゃべった。

「へえ、そのときはお皿とフォークを忘れないでね。彼らは泥だらけの手で食べるのよ」

「ヒンバ族はお皿もフォークも持ってるわ」

姉は笑いながらうなずいて、

「それから砂漠にちょっと入って、ウェルウィッチア・ミラビリスを見に行くわ」

「ゲッ」

とあたしはカラスが腐ったものを食べて嘔吐するような声を出した。

「エミリー、そんな声を出すのはよしなさい」

と助手席の母が言った。

「だって、あの草の名前を聞くだけで気持ち悪くなるんだもの。仕方ないわ」

「おい、岩に衝突する。悪魔が酔っ払ったような声を出すのはやめてくれ」

運転席の父が言って車内は静かになった。

町に着くとホテルの使用人たちが出迎えてくれた。小さな町はロバや牛、家畜の臭いが砂埃に混じっていた。父が建てたコテージは西部劇の映画で見たような丸木小屋で、ごつごつした岩山の上に並んでいた。

「町を抜けて五十キロも走ると、ナミブ砂漠の赤い砂山に夕陽が落ちるのが見えるんだって。サムに連れて行ってもらいなさい」

母はあたしたちを部屋に連れて行きながら言った。部屋にはカリフォルニアから送った寝具や洋服、勉強道具の箱が積み上げられていた。それをかたづけ終わる頃、使用人のサムが迎えに来た。

その日の夕方のドライブほど、みじめなものはなかった。ナミブ砂漠は見渡す限りどこまでも砂と、岩と、泥と、禿げちょろけの荒野しかなかった。赤い砂の砂漠は夕陽に映えて綺麗だったが、完全に「無」の世界だ。砂以外何にもないということ。大きなカラッポの無意味な広がりだった。ゼロなのだ。

あたしは今年、十六歳だ。その齢の娘には花やドレス、ケーキにフルーツ、そしてカッコ良い同年齢の男の子が必要だった。

でも砂の中にはそんなものはない。十キロ四方の小さな町の通りには、全身泥だらけの子どもたちがいるだけだ。

ナミブ砂漠の半分は岩山と荒れ地の草原だった。草が生えているだけでもゼロよりはましだが、それにしても貧しすぎる。サムのジープは砂場を行く蟻か蚤みたいに、虚しく走った。

三十分もするとジープは停まり、あたしたちは外へ出た。荒れ地の砂に何やら平べったい影が落ちていた。よく見るとひと抱えも、ふた抱えもありそうな、ゴミの塊のようだった。

「ほら、これがナミブ砂漠のウェルウィッチアですよ」

サムがそばへ行って指さした。それは直径二メートルくらいもある腐ったもつれた長い草の塊だった。

いや腐っているのではなく、年間降雨量が五〜百五十ミリという乾燥した砂漠では、草は地面のずっと下のわずかな水脈に根を張っている。それで赤茶け葉っぱの先っぽの方は擦り切れて、糸みたいな筋がゾロゾロと風に地面を這っていた。

「この一帯はウェルウィッチアの棲息地なんです。ずっと奥へ行くとまだ二百株ほども生えていますよ。町の連中は、砂漠の行き倒れって呼んでますけどね」

うまい命名だ。あたしは感心した。それもウェルウィッチアは女の行き倒れで、赤黒い葉っぱの長い髪を地面に振り乱している。ああ何て酷い姿だろう。まるで乱暴されて砂漠で殺され散乱した、女の屍骸だ。

あたしはそれが本物の人間の死体に見えて、胸がムカムカした。サムは困ったよう

に笑って、

「大丈夫。一見枯れてるように見えるけど、これでも生きていて、年に二、三センチは成長してるんです。この大きさでは、ざっと二千年は生きている計算ですよ」

「まあ。二千年ですって！」

お馬鹿な姉が感に堪えたように叫んだけど、こんなにボロボロでは二千年生きているというより、二千年昔に死んだミイラのようだ。

姉は何を思ったか、その気持ち悪いものを指さして、あたしに諭すように言った。

「エミリー。あんたもこの奇跡の草のために祈るのよ。これを見るため世界中から、観光客がパパのコテージに泊まりにくるんだから。ウェルウィッチア・ミラビリスがいつまでも生き続けるように、願わなくちゃ」

姉は砂漠の行き倒れに十字を切った。

その夜、大西洋の波と砂漠を渡る嵐のような風の音を聞きながら、あたしは新しいベッドで眠れなかった。父がカリフォルニアで見せた写真より何倍も、ウェルウィッチアは大きくて醜悪だった。

あの草はきっと死んでいる、とあたしは思った。死んで砂漠をのた打ち這いまわっているのだ。

「月の光に照らされてあの草は、眠っているわ」

向こうのベッドから姉がつぶやいた。

「月の光はね、地上のものすべてを、まんべんなく照らすのよ。神様みたいにね」

あたしは黙っていた。ああ。あんな醜悪なものが生きるはずがない。青白い砂漠の月があのひどい屍骸を毎晩、清めているのだ。窓の外の青さが怖ろしいようで、あたしは毛布の中で眼を見ひらいていた。


父の商売はうまくいきそうだ。旅行代理店に出したリーフレットには、父の撮ったウェルウィッチア・ミラビリスの写真が異彩を放った。

——ナミブ砂漠の『奇想天外』へご招待!

旅のタイトルは姉が考えた。奇想天外というのはこの植物の通称だった。旅のコースの始めはこの町の海辺で泳ぎ、それからナミブ砂漠を車で越えて、カオコランドの町へ行って帰って来る。その途中にウェルウィッチアの群生する地帯があった。バギー車で砂山登りを体験し、キリンやゾウの棲息地を横切り、ヒンバ族の村も訪ねるという盛り沢山の旅である。

その旅のクライマックスが、『奇想天外』を前に全員で絶叫するというわけだ。

あたしはときどき姉と二人で砂漠を走った。砂地に真っ直ぐ伸びた舗装路を三十分も行くと、天と地が大きな眼のように閉じ合わせた境目に、烈しい夕焼けが落ちる。

ある夕暮れ、帰りに日が暮れかかった頃、車のタイヤの後輪が舗装路から外れて砂にとらえられた。最悪のアクシデントだ。

何てこと！

あたしはタイヤがめり込んだ砂地を犬のように泥を搔き上げた。姉は運転席でハンドルを握り、

「エミリー！　押して！　もっともっとよ」

と叫んだ。あたしはタイヤが撒き散らす泥を浴びながら、腰が砕けるまで車の尻を押した。それから疲れ果てたあたしたちは座り込んだ。音のない砂漠に青白い月が射していた。

「ひゃっ」

と姉が悲鳴をあげたので、あたしは笑った。お馬鹿な人。あの草が死人に見えたのだ。大丈夫。動いたりしないわ。砂漠の行き倒れが髪を振り乱して倒れているだけである。

「でも今、ヒクッて動いたみたい」

姉は初めてこの草に身震いした。本当に。草は確かに動いていた。風がそうしているとは思えなかった。バサリと人間が上半身を起こすように、影が立ち上がる。風のせいよ。

「こんな所で夜明かしなんて出来ないわ」

姉が震えながら腰を上げた。まったく。墓場の真ん中で遭難したようなものだった。あたしたちはもう一度スタンバイした。姉は運転席でハンドルごと車を引きずらんばかりにエンジンをかけ、あたしは狂犬みたいに泡を吹いて、タイヤの下の泥を掘りまくった。

墓場の死闘がどのくらい続いたか。じりっとタイヤが動いた。後輪が舗装路に乗ると、車は嘘のように動き出した。月光が道案内するように行手を照らしている。あたしが助手席に飛び乗ると、車は町の方角へ走り出した。もうこんな所なんておさらばだ。

ふと急に姉が車をバックさせた。

「どうしたの」

「彼女を神の御許に送るのよ」

やめて。あたしはハッとした。

姉はウェルウィッチアのおぞましさに殺意を抱いたに違いなかった。

この月の砂漠を戦慄させる妖怪さえ消えたら、ナミブの夜はもっと美しく静かなものになるだろう……と。

「戻ったら、またタイヤが埋まるわ」

「砂地をよければ大丈夫」

姉は小石混じりの荒れ地に降りると、行き倒れの方へ車を進めた。普段の彼女ではないみたいだった。

「どうやって神の御許へ送るの?」

鉈（なた）でもなければこんな大きな図体は壊せそうもない。姉は黙ってエンジンを噴かせると、黒い草の塊に突っ込んだ。キィー！　とタイヤが悲鳴を上げ、振り乱した屍骸の頭に乗り上げる。何のことはない。めりめりと車体ごと草を押し潰して、タイヤがその上を行きつ戻りつを繰り返した。

何て簡単なんだろう。おぞましいものは消えるのだ。あたしたちは快哉を叫んだ。きっとこんな変な奴は神だってお許しにはならないだろう。

だからウェルウィッチアは砂漠に死ぬまで何千年もの刑を科されたのだ。

五分余りもエンジンを唸らせると、あたしたちは静かな車外に降り立った。姉が車の懐中電灯を手に行き倒れの姿を照らし出した。ぐちゃぐちゃになった屍骸がちぎれて引きずられた跡がある。潰れてたったそれだけの正味だった。あたしたちは鼻をつまんだ。

凄い悪臭が立ち始めていた。

「ひどいわ」

姉が言った。もとから死にかかっていたのだから腐敗臭が強くても不思議はない。けれどもそのべとべとした屍骸が出すのは、今まで嗅いだことのない異様な臭いだ。あたしたちは死を知らなかった。そして初めてそれを知ったのだ。

車に戻ると、車内にもその臭いが充満した。あたしたちは窒息しそうになりながら走った。

町の灯が見えてきた。

「どうする？」

あたしが聞いても姉は答えない。

町へ入って、家の前に着くと、両親やサムが道に出てあたしたちを待っていた。みんなは近寄って来て、それから鼻をつまんで飛び退いた。母が金切り声を上げた。

「何の臭い？　あなたたち今まで何をしていたの！」

生かしておけばよかった、とあたしは車から降りながら思った。どんなものも彼らの命のままに、生きているものはそのままにしておくのがよかったのだと……。

青い蛍の木

「ミチルに、ヒカル。今からみんなで虫追いをやるぞ。早く降りてこい」

弟と二人で朝ご飯を食べていると、庭からお祖父さんの呼ぶ声がした。わたしとヒカルは顔を見合わせた。

虫追いって何だろう？

田舎のお盆はいろんな行事がある。昨夜は村の盆踊りにみんなで行ってきた。踊りが終わって夜道をずいぶん歩いて帰ったので、わたしもヒカルも疲れて今朝は遅くまで寝ていたのだ。

今日も暑くなりそうで、縁側の向こうの空は白く眩(まぶ)しく輝いていた。庭から今度はお父さんの呼ぶ声がした。

「おうーい。早く降りてきなさい。お祖父さんとシゲル君がもう林の竹を伐ってきたんだから」

シゲルさんはこの家の正勝おじさんの子どもで、わたしより六歳年上の従兄だ。

庭に降りると、麦わら帽子のお祖父さんと、野球帽子のシゲルさんが青竹をかついでいた。そばには今伐って来たばかりの真っ青な青竹の束が置いてあった。

シゲルさんがわたしとヒカルに一本ずつ、短めの竹を持たせてくれた。これで庭の木の枝や植え込みに止まっている虫を追い出すんだという。

「なぜ追い出すの？　虫が可哀想じゃない」

「生きてる虫じゃないよ。死んでる虫が木の葉っぱに引っかかってるんだ。それを空に返してやるんだよ」

とシゲルさんが言った。

「げっ。死んでるの！」

とヒカルが白眼を出して言う。

「ああ。虫たちは小さくて軽いからね、引っかかったらそのまんまじっとしてるんだ」

とシゲルさんがうなずいた。

わたしは首をかしげた。木には生きた虫が這（は）っているのを見ることがある。そんなら生きた虫と、死んだ虫とどんなふうに見分けたらいいのだろう。

「それはすぐわかることだよ」

シゲルさんはくすくす笑った。

お祖父さんが竹をかついで、庭の植え込みのほうへ歩いて行く。わたしと弟もよくわからないけれどついて行った。お祖父さんは塀のそばに立っている柿の木を見上げた。幹には深いしわしわの筋がある。

「おう、いるわい、いるわい」

お祖父さんは竹の先っぽを高く伸ばして、木の幹をガサガサと撫(な)でるように払い始めた。わたしにはその木のどこに虫がいるのかさっぱり見えないのだ。

「お祖父さん。どんな虫がそこについてるの？」

「うむ。虫だけではのうて、ほかにも一杯おるぞ。チョウチョやクワガタもついとるわい」

クワガタ！　と聞くなりヒカルが飛び上がった。背伸びしたり、ぴょんぴょんと飛び跳ねて幹の上の方を見ようとする。シゲルさんがヒカルに教えた。

「死んだ虫は見えないよ」

「だってお祖父さんはクワガタがいるって言ったろう」

「でもぼくたちには見えないんだ。お祖父さんは長生きしてるから見えるんだよ」

シゲルさんの言うことは、よくわからなかった。

お祖父さんは竹の枝で、次はイチョウの木をバサバサと払う。シゲルさんは低い植え込みの、サザンカやアジサイの繁みをそっと竹の葉で撫でさする。

「ねえ、そこにも虫がいるの？」

「うん、ここにはチョウチョがいるよ」

とシゲルさんは言った。

「シゲルさんも見えるの！　お祖父さんだけ見えるんじゃないの？」

「うん、ぼくも慣れてしまってるからね」

シゲルさんは申し訳なさそうに頭をかいた。べつに申し訳ないことはないのに。シゲルさんは優しい子なのだ。

そうしていると竹を担いだ正勝おじさんと、わたしたちのお父さんが、庭の奥からやってきた。イチョウやモミジ、カエデやサザンカの枝を払い出した。

「おっ。こんなところにクマゼミもいるぞ」

と言ったのはお父さんだ。お父さんは田舎に帰ってくると、とたんにここの村の人にもどってしまう。

ヒカルは、急に思い出したように叫び始めた。

「クマゼミ、ぼく見たい。ぼく見たいよ」

「うるさい奴だなあ」

とお父さんは困った顔をする。横からシゲルさんがヒカルにそっと声をかけた。

「後から見せてやるよ、後からね」

「ほんと？　ほんとに見せてくれるのね！」

ヒカルは小躍りした。

「さあ、いいからお前たちもやりなさい。見えなくてもそっと竹の葉を動かせばいいんだから」

お祖父さんが小刀でわたしとヒカルの竹を、羽根ばたきくらいに短く切ってくれた。

あたしたちはその竹でツツジやアオキの植え込みを撫でた。

見えないチョウチョやクワガタが、竹の葉の先っぽに追われてヒュッとどこかへ飛んでいくのを思う。

死んだ虫はどこへ行くのだろう。変な気分だ。あんまり楽しい仕事じゃない。胴体の赤いアリが二匹、本当にアオキの茎を這い上っているのが見えた。竹の葉先でひと撫でてすると、生きてるアリもヒュッと飛んで見えなくなった。

庭の中の虫追いがすむと、わたしたちは竹を担いでお祖父さんの後から外へ出た。村じゅうの人たちが道端の木を払いながら歩いた。背が高い木は竹の先っぽが梢(こずえ)に届かないので、木の幹をトントンと叩いて音を響かせている。

「ほら、虫がビックリして飛んでいくぞ」

お祖父さんが空を見上げて言う。

「なにが飛んだの?」

「カマキリじゃ」

村の道を竹を担いだ人々が行き交う。わたしはこんなに人通りの多い村を初めて見た。でもニンゲンの姿は一杯なのに、辺りはカラッポでさびしい感じがした。チョウチョも、クワガタも、クマゼミも、カマキリも何にも見えないのだから。

昼過ぎに、虫追いは終わった。

「よし。もうこれくらいでよかろう」

とお祖父さんが言った。


田舎のお盆の昼にはソーメンが出る。

ヒカルはソーメンを食べる間も、

「ぼく、何にも見てないよ。クワガタが見たい。カマキリも見たい。チョウチョも見たい。見せてくれるって言ったろう」

とシゲルさんに言い続ける。

「うるさい子ね。わるいけどシゲルさん、早く見せてやってくださらない?」

台所から、わたしたちのお母さんの声がした。

「日が沈んだら連れて行くよ、ヒカルちゃん。明るいうちは見えないんだ」

シゲルさんはつるつるととソーメンをすり上げた。

そして夕方、外が薄紫色になった頃。

わたしとヒカルはシゲルさんに連れられて外へ出た。

山の夕暮れはとても静かで、村じゅうの音が消えてしまったようだった。夕陽は沈んだのに空はまだ明るみが少し残って、山道は薄いピンク色に染まっていた。

シゲルさんがヒカルの手を引き、わたしはその後を歩いた。日が落ちると山は涼しくなって蚊もいない。

お祖父さんの家から少し登ると、そこは谷を見下ろす高原だった。見晴らしの良い所なので、わたしたちのほかにも夕涼みに歩いて行く人たちがいた。

「みんな虫を見に行くんだよ」

シゲルさんは言った。

「虫は木が好きだからね、死んでも葉っぱに止まったまま動かない奴もいるんだよ」

「だったらそのままにしといてもいいんじゃない？」

「そしたら木は死んだ虫だらけになるだろう。それにやっぱり物事にはけじめがいるからね」

シゲルさんはお祖父さんみたいな難しいことを言う。

「死んだらもう行かなくちゃね。どこか知らないけどみんな行ってしまうだろう？ニンゲンだって、動物だって、虫だってみんなそうだろう」

わたしは、小さな虫たちには、そんな難しいことはわからないんじゃないかという気がした。ニンゲンや大きな動物に較べたら、虫は赤ん坊みたいなものだと思う。

「カマキリの寿命はどのくらいかしら」

「卵から五、六ヶ月でおとなになって、そうだねえ、二ヶ月くらいの命かなあ」

シゲルさんが言う。

「チョウチョは？」

とヒカルが聞く。

「アゲハチョウなんかは、卵で生まれて死ぬまで三週間くらいかな」

「可哀想！」

ヒカルの声が震えていた。

「アブラゼミや、クマゼミは幼虫の時代は土の中に六年もいるけど、成虫になって出てくると二、三週間だね」

「死んじゃいやだ！」

「ほんとにねえ」

シゲルさんも溜息をついた。

こんな虫たちが、ニンゲンや、それよりもっと長生きの大きな生きものたちと同じように、生まれて、死ぬ、という決められたことをやらされるなんて、ほんと可哀想だ。わたしもヒカルと同じにつらい気持ちになってきた。

道は高原の上に出てきた。

もう足元は暗くなって、懐中電灯の丸い光の輪があちこちに動いていた。

シゲルさんとわたしも用意してきた懐中電灯を点（つ）けた。

「虫たちはあそこまで飛んでいくといいね」

シゲルさんが月を指さした。

「ほんとだねえ」

とヒカルもうなずいた。

「あ、見えた！」

わたしは木の繁った崖の斜面を見下ろした。一匹の大きな青い色のアゲハチョウが木の上に止まっていた。チョウというよりチョウの形をした青い光だ。

死んだチョウチョなんだろう……。

「クワガタもいる」

ヒカルが向こうの木のそばへ走って行った。

青く光るクワガタが一匹そこにもいた。

「クヌギの木だ。お母さんのおっぱいにしがみついてるみたいだね。クワガタの好きな樹液が出ているんだ」

しばらく足元の暗がりを見下ろしていると、眼が慣れてきた。

辺りの木々はびっしりと青い粒々を付けている。蛍みたいだ。カマキリの蛍。クワガタの蛍。アゲハチョウの蛍。不思議な蛍だらけだ。

シゲルさん、この虫たちは追い払わないの？　と聞きかけたけど、わたしはもう何も言わなかった。手に負えない。シゲルさんも頭をぼりぼり搔いていた。

死んだ虫たちも、ニンゲンたちも静かだった。

谷の上に大きな月が浮かんでいる。薄い雲の波を泳いでいる。何だか拝みたくなるような月だった。

ザワ、ザワ、ワサ、ワサ

夫のお祖父さんの一周忌で、九州の海辺の町にやってきた。お祖父さんは九十八歳の大往生だったので、去年の秋の葬式の日はほとんど涙をこぼす人はいなくて、天気の良い朝、本家を継いだお義父さんも、お義兄さん夫婦も、小さい飛行機が飛び立つのを眺めるように、みんな微笑んで見送った。

お祖父さんは長く村長を務めて功績のあった人だという。それで葬式には遠方からも高齢の弔問客がやってきたが、その人たちが故人の生前にどんな関係だったかは、家の人たちもよくわからないようだった。

田舎の家に着いた日の夕方、夫とわたしは屋敷の裏手の海岸へ散歩に出た。白い遠浅の砂浜が広がって、その向こうに松林の長い影が連なっていた。

松林は遠くから見ると何だか大勢の人間が群がっているようだ。どの木もてんでんばらばらに曲がりくねっているので、人の影みたいに見えるのだ。

強い海風のせいで松の木は一斉に陸地の方へ傾いている。たぶん三十度くらいは倒れかかっている。松林の中を歩いているとわたしたちの体も曲がってしまうようだった。

「昔の話だけどな」

と夫が歩きながらしゃべった。

「この松林はずっと向こうの岬にあったんだ。それをうちの祖父さんがこっちへ移し替えたんだ。戦前のことだから七十年くらい前かな」

「松林をそっくり持ってきたわけ？　当時なら大事業だったでしょうね」

ダンプカーやショベルカーなんかもない時代だ。

「海の砂がどんどん村に吹き付けて、村道が埋まりそうになったんだ。そこで岬の松林の松を半分ほど、こっちへ移植しようということになったんだ。向こうの海岸は風当たりが少ない。昔の藩政時代に五万本くらい植林していた」

「お祖父さんが村長だったの」

「そうなんだ。しかし戦時中でカネも人手もないときで、結局この計画は流れてしまった。そのとき祖父さんは自分一人でやろうと決心した」

「どうやってやるの？」

「さあ。それがわからんのだ。何しろ、見た者がないんだからな。ただ岬の松の木を毎晩何本ずつか、掘り起こしてここまで運んできたのは確かだ」

わたしの眼に一人の年寄りが、スコップで松の木を掘っている姿が浮かんだ。彼は信じられないことをすらすらと言う。

「最初のうちは誰も気が付かなかったが、何ヶ月か経つうちにいつの間にか、この海岸に小さい松林のようなものができ始めていた」

わたしは聞きながら岬の彼方(かなた)を見た。距離にして何キロメートルあるだろうか。お祖父さんは松の木を馬にでも牽(ひ)かせて、毎日その距離を往復したのだろうか。

けれど運搬よりも何より、その前に松の木をどうやって掘り起こして、植え直したのだ？

「お祖父さんには手伝いの雇い人がいたの？」

「いいや、一人だ」

「それじゃ、どうやって松林を動かしたの」

わたしは林の中で立ち止まった。

夫も足を止めた。

「見た者は誰もいなかったんだ」

と彼は言った。

「村の人間たちは、そんなことできるはずがないと、初めから信じてなかった。村長が悔しまぎれに口走ったんだとでも、思ったんだろう。ところがその頃から毎晩、夜更けになると海岸の方からかすかに、ズッ、ズッ、ズリズリーッと、木を引き倒して引きずるような音が響き始めたんだ」

夫は見てきた人間のような話し方をする。

「そしてその後には、ザワ、ザワ、ワサ、ワサ、と松の枝が地面に擦れるような音も流れてきた」

わたしたちがふと黙ると波音が高くなる。

「お祖父さんが松の木を引きずったって言うの?」

いや、いや、と夫はまた首を横に振ってみせて、

「その音の合間にな、ソレ、ヨーイットナー! ヤレ、ヨーイットナー! と掛け声がするんだとさ。それは村長の声に違いないって、村のみんなは言い合ったそうだ」

「お祖父さんが掛け声をかけていたのなら、それじゃ松の木は誰が牽いていたの？」

松の木たちが自分で動いたとでもいうのだろうか。松の木が自分で地面から這い出して、お祖父さんの掛け声に合わせて、ソレ、ヨーイットナ！　とあっちの岬から自分の体を引きずって這ってきたとでもいうのだろうか。

「そうなんだ。信じられないことだけどな」

と夫は大きな眼をして言った。

「松の木は祖父さんの号令一下、ゾロゾロと這い出したんだ。誰も見た者はいないが、村人はみんなうなずき合ったんだ。だってそれしか考えられない。一人で松林を移植するなんてことは、人間の仕業じゃできるもんじゃないからな」

夫はそう言うけれど、松の木を号令一下で動かすことだって、人間の仕業でできるものじゃないとわたしは思う。

「まあ、見た者はいなかったからな」

夫は顎をなでた。

「しかし誰の手も借りずに、うちの祖父さんがあっちの松林を、こっちに持ってきたことは事実というしかない」

わたしは辺りを見まわした。

松の木が聞き耳を立てているような気がしてきた。何だかこの木たちなら、夜な夜な動くかもしれないと思い始める。

「それでこの松林が完成するのにどのくらいかかったの」

「それはよくわからんが、夜中の怪音は何年も続いたらしいな。いつの間にかこうなったんだろうな」

「いっそ村の人が直接に、お祖父さんに聞いてみたらよかったのにね」

「しかし面と向かって確かめるのは、ちょっと恐ろしかったんじゃないかな。もしおれだったらどうだろう、うん、やっぱり気持ち悪いな」

声を落としてつぶやくように夫が言う。


一周忌は昼から近くの菩提寺でおこなわれた。夕方からは場所を本家に移して酒と料理がふるまわれた。八畳と十二畳の座敷二つを通して酒肴（しゅこう）の膳が並んだ。

高齢のお客が近隣の市や町からも、息子たちの車に乗ってやってきた。

わたしが結婚して夫の生家を訪ねるのは盆か暮れか、一年に一、二度しかないので
夫のお祖父さんの生前の姿は、縁側の人、という印象しかなかった。

耳が聞こえなくて、足も立たず、よく縁側に籐の寝椅子を出して長くなっていた。

それでも何の不足もないような、穏やかな顔をした老人だった。

座敷の客の話は酒が入るにつれて時代がさかのぼり、案の定、松林の引っ越しにおよんだ。

少年の頃、毎晩続く怪音と掛け声を浜まで聴きに行った、という客もいた。

「しかし海は真っ暗で何も見えんかった。だいいち月の煌々と照るような晩は、ふっつりとその音も声も途絶えておったもんじゃ」

誰かが酔いのまわった首をひねり、

「じゃが夜毎の徹夜仕事に、明くる日はけろりとした顔で役場にござった。夜な夜な聞こえるあの声は天狗か何かのものではないか。そんなことも思うたもんじゃ」

「おソメさんはどう言うておられた？」

だいぶ前に亡くなったお祖母さんのことだ。

「うん。夜中に眼を覚ますとな、寝床はカラじゃったと言うておられた」

「やっぱりなあ……」

老人たちは顔を見合わせる。

「しかし松の木というのは、案外動きやすいもんかもしれん」

とお義父さんが言った。

「博多の何とかいうお寺には、立ち上がりの松、とかいう有名な木がある。そこの松は木を伐る話が出たとき、立ち上がって歩いたそうです」

「歩く松の話はよそにもあるようじゃな」

「そんなら誰かそこの浜に行って松に声をかけたらどうじゃ。澤田庄一郎さんの一周忌で、浜の松が動き出すかもしれん」

みんなどっと笑い出した。賑(にぎ)やかな法事の晩だった。

酒宴が終わったのは夜の九時過ぎだった。

年寄りの順に腰を上げて、息子たちの車に乗って帰って行った。わたしたちは表の道まで出て客の車を見送った。

すべての車の灯が夜道に消えて行くのを見届けると、お義兄さんと夫はふいと海岸の方へ向かって歩き出した。

「今からどこば行く」

とお義父さんが聞いた。

「松に声ばかけてきます」

お義兄さんが振り返って、だいぶ酒のまわった声で答えた。海岸の方からは夜の波音が、昼間よりも高く聞こえていた。酔いを醒ましに行くのだろうとお義父さんが言った。わたしはお義父さんの後に付いて家の中に戻った。

海岸までは草地を突っ切って行くのだ。辺りに人家もない。夜の暗闇のずっと奥の方から、男二人の何やらしゃべり合う声や高笑いが長い間流れてきて、やがてふっつりと糸が切れたように止んだ。


明くる朝、眼が覚めると夫は隣の布団にぐっすり眠っていた。いつ帰ってきたのか、わたしには少しもわからなかった。

　その日、東京に戻る飛行機は午後の便なので、朝ご飯をゆっくり食べた。それから夫がもう一度、海を見に行こうと誘う。わたしたちは裏口からサンダルを突っかけて出た。

　砂浜には秋の陽を浴びた波が力強く打ちつけている。

「ゆうべは真っ暗な海で何をしたの？」

　夫は松林に向かって歩いて行く。

「あそこでひと仕事したんだ」

　彼は右手を上げて松林を指さした。今朝の松林も斜めに傾いて人の影みたいにざわついている。彼はどんどん先に歩いて行くと、林のだいぶ手前で立ち止まった。それからわたしに手招きした。

　夫のそばには一本の松の木が立っていた。それは林の松じゃなくて、何だか傘でも置き忘れたように一本だけ立っている。ちょっと細身の涼しげなクロマツだ。

　その幹の中途に……、横に立っている夫の肩くらいの所に、白い紐が一本結わえ付けられていた。夫はにやにやしながら、片手の指でその紐を示してみせた。

「それは何なの？」

「ゆうべのおれの仕事だ」

わたしは黙って夫の顔を眺めた。

「向こうの松林から、こいつを一本引いてきたんだ」

嘘じゃない。そばで兄貴が見ていたんだからな、と彼は言った。「祖父さんがやったように、掛け声をかけて動かした。凄いだろうが。兄貴がやってもピクリともしなかったんだ。おれが声をかけたら動き出した」

わたしは、夫と、松の木を交互に見た。彼が動かしたというのに、松の木は彼と何の関わりもないふうに、のっそりと立っている。けれど昨日ここへきたときは、確かにこんな所に松の木はなかったはずだ。

「凄いだろう！　祖父さんの隔世遺伝だ」

夫は会心の笑みを浮かべて言った。

深い夜の木

日曜日は夫と二人で、近くの谷へ行くようになった。家を出て十分も歩くと団地の外れに出る。ガードレールがあって、そこで行き止まり。下は崖で昼も鬱蒼とした暗い谷だ。谷の向かいの斜面にも木が繁って、雪崩れるように谷の底まで続いている。

「この谷は何でこんなに暗いの」

「ここの木はクスとかタブとかさ、カシやシイが多い。照葉樹っていうのは葉が厚くて、日光をさえぎるんだ」

夫が言う。顔を上げると五月の空が晴れ渡っているのに、谷底の林の奥は真っ黒な墨を流したような闇だ。団地の開発から外された土地である。

ガードレールに沿って少し行くと、谷の底へ長い石段がジグザグに降りている。下は細い遊歩道が池の周囲を取り巻いて、犬の散歩やジョギングの人影がちらほらする。

わたしたちは共稼ぎで、今まで夫婦で散歩などしたこともない。これまでは夫が一人で休日のウオーキングを続けていた。それが先月、わたしは会社の健康診断でコレステロール値を指摘され、彼にすすめられて歩き始めた。

「おれなんか、この二年で七キロ減量したぞ」

とくに仲の良い夫婦でもないが、ウォーキングなど一人で実行するのは難しい。わが家の成功者に付いて行くことにした。

石段を降りきった所に、鬱蒼と枝葉の繁った一本の巨木がある。最初はこれは何本もの木が群生しているのかと思っていたが、じつはたった一本の幹から縦横に枝分かれしていることに気がついた。太い枝々が稲妻みたいに張っている。

「これはタブの木だ。九州の沿岸に多くて昔は船の材になったらしい」

その先は谷の一番深い所で、一日中いつ来ても陽が射していることがなかった。

「何かこう縄文時代の木って感じだろう。昔、おれたちはこんな木の生えた深い森から出てきたんだ」

人間じゃなくて、猪とか熊が出てきたんじゃないの？

はたして人間がそんな森で暮らせるだろうか。

「森が猪や熊を育てる。それを人間が食べる。それから森を伐って人間は焼畑を作った」

家を出てから谷をひとまわりすると、帰り道を合わせて所要時間は四、五十分ほどだ。携帯電話の歩数計を見ると、往復で六千歩くらいになる。近場で時間もかからず、森林浴も兼ねたウオーキングコースである。

慣れると周囲の木が人間っぽく見えてきた。

「あの木って、じっと立ってる人間みたい」

道の脇の高くほっそりした木を指さした。

「シラカシだよ。地味で目立つところがないのがいいね。普通の人っていう感じかな」

と夫がにこにこする。

「普通の木?」

「ああ。普通の木で、普通の人。目立たないところが誠実そうでいいね」

彼は木を人間のように言うのだった。そんな見方がちょっと新鮮な気がする。

「ねえ。この木は何ていうの?」

シラカシと似ているようで、違う感じもする。

「ほら、幹ががさがさして、葉が大きいだろう。アカガシというんだ」

「この木もつまり普通の人なのね」

「そうだな。カシやシイの種類はいろいろあるが、みんな似たようで微妙に違うんだ。しかし普通の木って感じで落ち着くね」

夫はやっぱりにこにこして歩いている。

イチョウの葉っぱはすぐわかる。モミジやカエデも一目でわかる。天狗の団扇(うちわ)みたいな葉はトチノキだ。夫がモミジを見上げた。

「こういう特徴のある木は、佐藤さん、伊藤さん、田中さんたちとは違うよなあ」

何を言っているのかわからない。

「人の名前だよ。ほら会社にだって一杯いるだろう、普通の名前の人」

そう、そう。その一杯いる佐藤、伊藤、田中さんたちが、要するに、クスノキや、タブやシイやカシなんだと言う。

「そしたらトチノキとか、モミジなんかは、ちょっと違うの?」

「うん。たとえば、ほら三丁目に祭さんって表札の家があるだろう。五丁目には鹿毛(かげ)さんて家もある」

夫の見立てでは、トチノキやモミジは、祭さんとか鹿毛さんたちなんだという。けのである。


けれど名前はともかく、人間の祭さんや鹿毛さんだって、本当はごくごく普通の人なの
「カシとかシイとかさ、いかにも平凡そうな感じがいいだろう。気が休まるよ」

ほっとするように夫は言う。彼の仕事は証券会社の営業だ。気を使うんだろうか。

「あれは何の木?」

わたしは池の端の並木を指さした。池は市の管轄で、並木も市が植樹した。若いサクラの木で花はもう散ったあとだが、ヤエザクラだった。けれど夫は首をひねった。

「何かな。シデでもないし、何だろうな」

「ソメイヨシノかしら」

「そうかもしれん」

「それともヤエザクラかしら」

「そうかもな」

夫はどうでもいい顔である。

サクラの木の見分けもつかないのに、夫はどれも似たような照葉樹だけはさっと見

分ける。

「あそこのは？」

「シロダモだ。クスノキ科で葉をちぎると同じ香りだが、クスと違って葉は大きく長い。兎の耳に似ていると覚えておけばいい」

彼はうれしそうにしゃべる。そして照葉樹以外にはさっぱり興味がないようだった。


谷へウオーキングに行き始めて、わたしたちの仲は少し濃くなった気がした。二十年以上も一緒に暮らした夫婦が、今さら濃くも薄くもあるまいが、振り返るとわたしたちは淡泊で面白みのない夫婦だったように思う。

日曜の朝、夫かわたしかどちらかに出かける用事があるときは、夕方、相手が帰ってから谷へ行くことにする。そうやって一緒に歩く時間を作っていると、ばらばらに暮らしていた過去の日々が薄いスープのようだった。

愛がないわけではないが、夫婦愛というよりは人類愛に近い。それよりもっと縮めると、隣人愛に近い気もする。

わたしたちは谷へ行っても、家にいても、以前より会話をすることが多くなった。

といってもたいしたことをしゃべるわけではない。

谷へ通い始めて半年ほど経ったある夜。

わたしが風呂から上がると、夫は先にベッドに入ってもう眠りかけていた。

彼を起こさないようにわたしがそっと隣に入ると、枕に半分顔を埋めた彼が寝ぼけた声を出した。

「ああ。夢を見ていた……」

と彼はつぶやいた。

「いい夢だった?」

わたしも枕に頭を載せた。

「懐(なつ)かしい夢だ。ずいぶん昔の夢を見ていた」

「もしかして、結婚した頃の夢?」

わたしが欠伸(あくび)を噛みころしながら言うと、

「もっと昔、おれが木だった頃の夢だ」

と彼は言った。何しろ突然のことだった。一瞬わたしは返事に迷ったが、眠くもあり話が長くなると面倒だったので、黙っていた。

彼は寝ぼけたような声でしゃべり出した。

「こうなると打ち明けるが、じつはおれ、前世は木だったんだ。今まで黙っていたのは隠すつもりじゃなくて、こういうことは、とくに告白することでもあるまいと思っていた」

「いいのよ。気にしないで」

わたしは布団の中でそっと欠伸をした。

「それで、おれは何の木だったと思う？」

いきなり夫が聞いた。わたしは自分の頭の中に谷の木を並べてみる。何と答えたら、夫が満足するだろう。太くて堂々としたクスノキか、盛大に枝を広げたタブか、葉っぱの大きなアカガシか？　それとも兎の耳のシロダモ？

「なあ、いったい何だったと思う？」

蜂蜜をなめた熊のように粘っこい声で聞く。

「シロダモ」

「外れ」

と彼は言った。

「じつはツブラジイだったんだ」

わたしは本当に眠くなった。

「おまえは知らないだろうが、ツブラジイが花を付けるときは凄いんだ。黄色い泡みたいな花を葉の間から、ぶわーっと咲かせるんだ。もっと大きなクスノキだって、そんなにめちゃくちゃに花は付けない。つまりツブラジイは、やりっ放しというわけなんだ」

彼の声はだんだんはっきりしてきた。眼が覚めきったようだった。彼はわたしの方へ顔を向けていた。わたしの背中に彼の鼻息がかかるのですぐわかる。

「つまり慎みがないタチなんだ」

彼は情けなさそうに言う。

「べつに慎まなくてもいいんじゃないの。植物だって生物の発情期ってものはあるんでしょうから。だって慎みがないツブラジイとか、慎み深いクスノキなんて、変じゃない」

　わたしも少し頭が冴えてきた。

「おまえはそう言うが、林の仲間たちはそんなふうには思ってくれないんだ」

「仲間たちって?」

「クスノキや、シロダモや、シラカシや、アラカシたちさ。タブもそうだ。クスノキなんかは体はでかいのに、花は小さくて薄いグリーンで、おれの黄金の波みたいな花に較べたら、咲いてるのか咲いてないのかわからないくらいだ」

　夫が前世で生えていた林は深い谷沿いの、渓流のそばの斜面だったので、迫り出した木々の樹冠が一目瞭然なのだという。

「シラカシのやつが発情し始めたとかな、イチイガシはまだ出遅れてるとかな」

　カシの仲間は枝から長い花穂（かすい）を簪（かんざし）みたいに垂らすので可憐で情趣があった、と懐かしそうに彼が言う。

「おれは毎日、黄金色に泡立つ花をピンピンと空に振り立てる。そして風に花粉を濛々（もうもう）と撒き散らす。おれはやめたいんだが、体が容赦なく発情しまくる。図に乗ってねえか、って誰かが言う。タブの野郎だ。迷惑してるんだぜ、毎年よお、ってまた誰かが言う。クスノキの野太い声だってわかるのさ」

「あなた、肩身が狭かったのね」

「木の寿命は永かったからな、辛かったさ」

ということは精力絶倫の哀しみだろうか。それにしては人間になった夫はどうということもない、普通の男である。

「木が死ぬときって、どんなふうに死ぬの？」

わたしはふと興味を持って尋ねた。

「ある日、人間が鉈（なた）を持って谷に入って来た。ガツン！　ガツン！　と脳天に痛みが貫いてな、おれは大きな音と共に倒れ伏した。それから村に運ばれて、炭になった」

「炭に？　それじゃ焼けて灰になったの？」

「ああ。そして、気がつくと人間になっていた……」

夫はわたしの胸に頭を潜り込ませた。

「そして普通の人間になったのね」

わたしは夜の闇の中で笑った。

彼は田中明という平凡な名前の男である。

「夜中に妙な打ち明け話をして悪かった。吃驚（びっくり）しただろう」

「いいのよ。打ち明けてくれて、うれしいわ」

とわたしは言った。

「今夜のことは忘れてくれ」

「そうするわ」

酒の臭いのする夫の頭を枕に戻してやりながら、わたしは思った。

今夜の話を忘れるのは、たぶんわたしより彼の方が先である。

朝になれば草の葉に宿った夜露などは消えていくものだから……。

本書は、月刊『パンプキン』平成26年5月号より18回にわたり掲載された「人の木」を改題、加筆、修正した作品です。

村田喜代子（むらた・きよこ）

1945年、福岡県北九州市生まれ。87年『鍋の中』で第97回芥川賞を受賞。90年『白い山』で女流文学賞、98年『望潮』で川端康成文学賞、99年『龍秘御天歌』で芸術選奨文部大臣賞、2010年『故郷のわが家』で野間文芸賞、14年『ゆうじょこう』で読売文学賞を受賞。

人の樹

2016年9月20日　初版発行

著　者／村田喜代子
発行者／南 晋三
発行所／株式会社 潮出版社
〒102-8110
東京都千代田区一番町6　一番町SQUARE
電　話／03-3230-0781（編集）
03-3230-0741（営業）
振替口座／00150-5-61090
印刷・製本／株式会社暁印刷

ISBN978-4-267-02053-7 C0093

www.usio.co.jp